破壊から再生へ

橋岡蓮
HASHIOKA REN

幻冬舎 MC

破壊から再生へ

はじめに

　文章を書くということは私にとっては唯一の救いだった。数年に渡って自分の中にあるものを吐き出すように書き綴った。仕事が終わってから毎日二時間ほどパソコンに向かうようになったのは孤独を埋めるための手段でもあった。仕事中、今日は何を書こうかと考える。そして酒を買って帰り、チビチビと飲みながら文章を書く。そうすることで精神の安定を得ていたのだ。だから毎日文章を書き続けた。

　それから数年の月日が過ぎた。私は自分が歩んできた道を見つめ直すため、書き溜めた原稿を一冊の本にまとめることにした。破壊から再生へ。これは私に課せられた永遠のテーマのようにも思う。

橋岡　蓮

目次

第2章 富山

第1章

東京

スーツケース

あと三カ月でこの職場が終わってしまうと考えるとゾッとする。私が働いているのは競艇場。競艇場で働くことにしたきっかけは藤井フミヤ氏の影響だ。藤井フミヤ氏がデビュー前に、警備会社でバイトをしていたとインタビューで言っているのをテレビで観たからだ。シナリオ的にアリだと思った。そう思って警備会社に電話してみたところ、競艇場に配属されたというわけだ。給料は安いが居心地が良くて、しばらくこの場所にいたいと思っていた。

最低限度の生活でいい。

そう決めて今の職場にいるが、それなりの生活はできている。欲しいものこそ買えないが、酒も飲めるし煙草も吸える。はっきり言って、生活自体にはそれほど高望みはしていなかった。無ければ無いなりに生活することができる。それが私のスタイルだった。古着屋で激安物を探したり、自炊したり、古本屋へ行ったり、中古ＣＤ屋へ行ったり。そんな生活が私にとっては当たり前だった。

給料が十万円高いからといって、他の仕事をしたとする。しかし、ストレスが溜まりその十万円はボロボロになった肌や身体のケア代に消えて行くだろう。結局私はこの程度の生活ができれば十分なのだ。贅沢はできないけれども本を読み、酒でも飲みながら文章を書くことができる。時折、痛烈な寂しさに襲われて自分を見失うことはある。けれども、それほど高望みはしていなかった。

所持金二万円で仕事も家も無い状態から始まった東京での生活。ちょうど一年前、私は会社勤めを辞めて上京した。精神の限界だった。買ったものは、ターコイズ色のスーツケース。それさえあればどこへだって行ける。無敵だと思っていた。

今でも、尚、そう思っている。

好きなもの達

チリ産のワインはたまたま買ったものだが、なかなか美味しかった。冷蔵庫の余り物をご飯に乗せてどんぶりを作ったが、なかなか美味しかった。結局、人間の出会いも恋愛もそんなものなのではないだろうか。たまたま出会ったものが、案外良かったりする。

こんなことがあった。知人に私の大好きなドアーズのベスト盤を貸したが一向に返してくれなかった。しかし、返して欲しいと電話をかけるのもメールをするのも嫌だった。相手からの連絡を待ったが、かかって来るはずはない。何故なら、私はとっくに裏切られていたからだ。人の話を鵜呑みにしてはいけないと、この時ばかりは改めてそう思った。そんな奴に私のドアーズのＣＤを自分の物のように扱われることが耐えられないのである。じゃあ、電話して返してもらえばいいのに、接触することすら嫌だった。しかし、本当に大切なものならば、嫌な想いをするのは覚悟の上でなにがなんでも返してもらおうとするのではないだろうか。そう考えると、若干強気で私の方から連絡することができた。

私にとって、本や音楽も含め、好きなもの達は宝である。ジムニー、フレックルスというぬいぐるみ。他にも好きなもの達はたくさんあるが、私は子供の頃から流行を追うということが大嫌いだった。しかし、流行りものを身に付けていなければ苛められる時代があった。だから、雑誌を見ては流行りものを買い、皆に後れを取らないように必死だった。仲間外れにされるのが怖かった。ただそれだけ。だけど流行なんかに左右されることなく、好きなもの達だけに囲まれた世界をずっと夢見ていた。

今の私の生活は、好きなもの達しか周りにいない。だからこそ、私の楽園の一部であるドアーズのベスト盤を返して欲しかったのだ。

国分寺

午前中国分寺駅の北口のスーパーで食糧品を買い込んだ。せっせと煮込みを作り、ご飯を炊き、お茶を入れ、お弁当の支度をした。午後からは洗濯、部屋の片付け、友達にメール、水周りの掃除、そして洗顔後にパックをした。なんて充実した一日なのだろう。きっとこんな生活を毎日送っていれば、節約にもなるし、美容のためにもなり、精神的にも安定するのだろう。そんなことはわかっているのに寂しさという魔物はいつも私の邪魔をして、私を良からぬ方向へと導いて行く。

先日友人と東京の町田で飲んだ際、継続するということを考えた時、その背景にあるものこそが大切だという話をした。例えばそれは住む街や所属している会社や家族だったりするのだろう。仕事というものは、その仕事自体に不満があったというよりは、プライベートな理由によって辞めることの方が圧倒的だと思う。また、堅いバックグラウンドがある人は強いはずだ。

私の場合は未だに失うものは何もないが、守るものも何もないので不安定になりやすい。そのため今一つパッとしない毎日を送っているのだった。

一年前は本当に自分にとって失うものがないのかを、これでもかという程自分に問いかけた。それはそれは寒い雪の日にジムニーに乗って何も持たず何も決めないまま上京し、東京の外れにある福生という街へ行った。

福生を選んだ理由は二つある。

一つは、村上龍氏のデビュー作である『限りなく透明に近いブルー』の舞台が福生であること。もう一つは、ストリートスライダーズが福生出身であることだ。福生へ行けば何か自分にとって大切なヒントがみつかるかもしれない、そう思ったのだ。

しかし、辿り着いた福生にはヒントを感じさせるものが特になかった。いや、直感的に何か違うような気がしたので、何も探さなかったのだ。少し寂れていたが、沖縄を想像させるような基地のある街。私は決して嫌いではなかったが、私が探しているものというのはそういうものではない。私が探していたものは居場所である。行く先に迷った私は、仕方がないので福生から一番近い繁華街のある八王子へ。そして半年後、執筆活動に専念するために国分寺へ引っ越した。

国分寺は心地良い。庶民的で田舎臭い、どこか昭和の香りのする住みやすい街だった。夜、オリオン座を見ながら坂を下る。手はかじかんだままパソコンに向かう。夜空は見えない小さな部屋で、私はこれからのことをじっくり考えて行かなければならない。台所を飾り、綺麗なベットカバーがあれば、私は部屋から出ないかもしれない。電気毛布を買ってしまえば、布団から出ないかもしれない。図書館を見つけたり、馴染みの喫茶店ができれば、国分寺を出ないかもしれない。道を覚え土地勘が付けば尚更国分寺を出ないかもしれない。

女の子

女の子は父親の仕事の都合でよく転校した。幼い女の子は、転校する度に皆に好かれる自分になろうと努力した。

ある時は社交的に振る舞い、ある時は自分のことを「蓮ちゃん」と呼ぶのをやめて「私」と呼ぶようにした。そしてある時は偏屈な者になり、周りの誰とも口を聞かなかったりした。

女の子はいつ親に捨てられたのかを知らない。何故ならその事実を受け入れることができたのが割と最近だからだ。

女の子は子供の頃からクラスの隅っこにいるような子達と自然と仲良くなった。女の子からすると同士に思えたのだった。彼らはとても無邪気で明るく、そしてとても優しかった。それなのに女の子はいつでも決まって三年後にはいなくなるのである。

今にも涙が溢れそうな目をした女の子は、一点だけを見つめ黙々と歩いた。誰の目にも付かない道を選び、静寂を好み、妄想にふけり、牢獄へと向かう。そこでその女の子は黙々とピアノを弾く。自分にバリアを張るために。狂いそうになる孤独と恐怖に耐えながら、女の子は〝逃げたい〟とノートに綴る。

女の子は一人の弟を置き去りにして牢獄を脱出する。弟のことを考えると気がおかしくなるほど涙が止まらなかった。

自己嫌悪と確固たる意志と共に、女の子は身を削って生活のために働いた。人間の愛情を求め、人間に騙されながらも、人間を信じてしまう。普遍的な愛情を望み、絶望しながらも女の子はたった一人で列島を渡る。

そんな女の子が辿り着いたのは、都会の田舎にある最果ての場所だった。女の子は車とぬいぐるみを家族とする。小さなアパートで文章を書き、酒を飲み、今でも尚普遍的な愛を探し回っているのだった。

寂しさと闘っているけれども

寂しさがピークに達し、私は毎日ボーっと過ごしていた。思考回路も、表情までもがボーっとしていた。なんだか全てのことがどうでも良くなってしまうのだった。そんな日々をやり過ごしたが、私は全てを流れに身を任せることに決めた。自分自身で意思決定し、全てのことに決断を下さなければならないと思っていたが、そうすることで失敗してきたという事実もある。むしろ無い頭を巡らせて間違った決断を下すくらいなら、いっそこのまま全て流れに身を任せた方が案外良い場所へ辿り着けるのではないかと思ったのだ。

他力本願なようではあるが、流れに身を任せると決めたのは自分の意思だ。後悔というものをしたくないがために、自分自身で決断を下す道を選んできた。しかし振り返ってみるとその時の自分を責めたりもしてきた。

私は時として感情に身を任せてしまうが故、しなくてもいいことをしてしまったり、どうでもいいことに執着してしまっているということがある。何も自分で決めない。なるようになる。ただただ私は、自分らしくいたままでゆっくり流される。要は、気ままに生きることにしたのだ。そう決めてからは、なんだかとても楽になった。何故今まで眠れなくなる程に、頭を抱えて悩んでいたのだろうか。そして自分を買い被り、もっと高い所へ追いやろうとしていたのだろうか。そう考えられるようになったということは、少しは余裕ができたのだろうか。

少ないけれど給料をもらい、貧乏だけれども味わい深い。少しずつできあがって行くそんな生活に満足し、私は満たされているのだと考えたかった。私が抱えている寂しさは今に始まった話ではないが、競艇場での仕事に行くことでそれはなんとか誤魔化すことができるのだった。競艇場での仕事がない日々は辛かった。私をより一層孤独へと追いやるような残酷な日々だった。今、一番欲しいものは何かと誰かに聞かれたら、暖房器具と答えるだろう。それ程心身共に冷え切っていた。

しかし、本当は暖房器具よりも愛が欲しいのだった。

洞穴

思い返せばとある一月、私はジムニーに乗って旅立った。脳天気に富士山を堪能し、太平洋を満喫し、一号線をチンタラ走った。私は旅立ちの前にワンピースを二枚買った。黒い毛皮に黒いワンピースを着て、ジムニーを走らせた。富山から東京までひたすら下道を通り、私は途中様々な街で寄り道をした。居酒屋へ行き、バーへ行き、当てもなく福生を目指した。そして一人旅をしていることをその店のマスターに話したりした。

横須賀ではちょうど満月だった。脚の無い黒猫がいる居酒屋では高齢の女性が一人で切り盛りしていた。そして私に仕入れたばかりのレバ刺しを出してくれた。本当はビールは飲みたくなかったが、ビールと日本酒しかなかったので仕方なく瓶ビールを頼んだ。脚の無い黒猫はずっと私の膝の上にいた。高齢の女性は、脚を失ってから人間恐怖症だったその黒猫が私の膝の上にいることを不思議がっていた。珍しいこともあるのね、と彼女はとても嬉しそうだった。

私は膝の上で黒猫を抱きながら、横須賀の次はどこへ行けばいいのかを考えていた。所持金も底をついてきたのでもうこれ以上うろつくのも限界だった。

その夜私は旅館の窓から満月を見て、ひたすら神様にお祈りをした。

「どうか辿り着けますように」

それしか私にできることはなかった。泣かなかったけれども、心はいよいよ震えていた。思い返せば富士山は心強かった。何より、太平洋は圧倒的な私の味方だった。しかし、いつまでも太平洋を眺めているわけにはいかなかった。

それからまもなく私は洞穴に落ちる。そこから這い上がるまでにはしばし時間がかかった。しかし、洞穴に落ちたからこそこの空が青いと思うことができるのである。あの時ずっと太平洋にいたらこの海や空を当たり前と思い、感動は薄れ、私はどうしようもない人間と化していたに違いない。

洞穴に落ちたから皆の笑顔が眩しく感じ、そして空気は美味しいのだ。

私は洞穴に落ちる前、途方に暮れて親友に電話をかけた。横須賀を出た私は、行く当てもないまま吉祥寺まで来ていた。辺りはもう暗くなっていたが、宿が見つからなかったのだ。

「お金も無くなっちゃったし、これからどこへ行けばいいのかわからなくなってしまったの」

「覚悟を決めろ」

そう言われた。その通りだと思い慌てて仕事情報誌を買った。吉祥寺のファミレスでオムライスを食べながら探した条件はこれだ。

「寮完備、日払い可、車持ち込みＯＫ」

そうして私は八王子へ向かったのだった。

光というものは、闇を避けては決して見ることはできないと再認識した。

置き去りにするという事

敢えて辛い状況にいる相手を置き去りにする時、私は無駄な優しさで貴方を傷つけたくないからといいわけをした。それは相手のためを想ってのことではなく、私自身がその後全てを背負える自信がないから逃げているだけなのである。私からするとそれは優しさでも何でもないことだとわかっていた。しかしわかっているからといって手を差し伸べる勇気があるかといえば、もちろん無いから置き去りにするのだ。

時に、私は自分は卑怯者だと感じる。遠くから見守っているというのは、卑怯者だと思う。何故なら逆の立場で考えるとよくわかる。私が窮地に立たされている時には放っておいたくせに、ほとぼりが冷めてから近づいて来る。そして、あの時は俺の方が辛かったなどと言われても卑怯だと感じるからだ。

しかし、私は今までそのセリフに何度も騙されて来ているのである。

「そうか、あの頃は貴方も辛かったのか……」

そう言って私はいつも、いつも相手が私を放っておいたことを許してきたのだ。そして、その度に、

「私がもっと強くならなければな……」

などと考えるのであった。しかし私はそう簡単に強くなることもなければ、どんな経験を重ねても本質というものはあまり変わらないのであった。

私の場合は自分が置き去りにされることに対しては鈍感で、自分が誰かを置き去りにするということに関してはとても敏感なのだろう。

仲間

私の周りにいる人々は実によく酒を飲む。そして、実によく電車で寝過ごす。終電だったら最悪でわけのわからない駅で下車して翌朝その辺のサウナから出勤する。

私の周りにいる人々は実によく酒を飲む。そして実によく電話魔になり、私に呂律の回らない状態で電話をかけて来る。

私の周りにいる人々は皆、どこか孤独である。だからこそ実によく酒を飲む。皆寂しいのだ。

私もいつも仕事が終わると酒を飲む。そしてパソコンに向かって下らないことをダラダラと書きながら、そんな電話についつい出てしまう。そう、私だって孤独なのだ。

そんな寂しい者同士がなんだか集まって、私を取り巻く輪というものは形成されている。そして私達の共通点としては、皆寂しいけれどもどこか孤独を愛しているということだ。世の中を少し違った角度から眺めているが、皆、人の心の痛みがわかる優しい人々だ。

だからこそ私のこともとてもよく理解してくれて支えてくれる。いつも心配してくれていて、私を応援してくれている。たとえそれが単なる下心だったとしても、表面上の優しさに私は救われていた。

私の周りにいる人々は実によく酒で失敗をする。どこか大人気ないところがありながらも、哀愁たっぷりの彼らのことが私は嫌いじゃなかった。

私はたまに、いずれはやって来る決別を恐れたりする。仲間が自分から遠ざかって行くのを見るのが怖くて、その街を飛び出してしまうこともあるのだ。上京した時の心情は、まさにそういうものだった。

皆の笑顔が歪んで行くのを見られる程、私は強くない。

逃亡劇

幼い頃から数年経つと知らない街に行くという人生だった。私は住居を転々とすることが得意だった。それが一人も知り合いのいない街でも平気だった。どこの土地へ行ってもやって行ける自信があったのだろう。初めて一人暮らしをしたのはススキノの外れにあるアパートの四階。間取りは一ＤＫ。そこにピアノを運び込んで私は学校へも行かずに友達と遊びほうけていた。近くにはセブンイレブンがあり、ススキノの中心地までおよそ徒歩十分。三十六号線沿いを歩けばもうそこはススキノだった。遊ばないわけがない。しかしそんな生活は長くは続かず、私は結局追い出されることになる。

「今日中に出て行かないと売り飛ばすぞ！」

アルバイトを無断欠勤したのだ。

一気に部屋にあるものをゴミステーションに移動させた。そして大事なものだけを一つの大きなダンボール箱に詰め込み、私は逃げた。ダンボール箱を引きずって、とにかく逃げた。ピアノは置き去りにした。楽譜だけを抱えて私は駅の高架下へ行き、ファミレスへ行き、友達の家を転々とし、車を持っている人をあたり、二十四時間営業のファーストフード店を探し、とにもかくにもホームレスになった。そしてその日暮らしを続けた。日雇のバイトをして、その金でその日の寝床を決めた。

怖いおじさんが経営している飲食店で年齢を詐称して働いて、寮にまで入れてもらったのに、彼を怒らせて追い出されたのだ。その怖いおじさんは私が逃亡した後アパートを訪れ、

「アイツ、ピアノをやっていたのか……」

とご丁寧に私の保証人の元へピアノを搬送してくれた。しかし、そのピアノは私の知らぬ間に保証人によって売り払われた。のちに保証人は電話番号も変わり、住居までも変わっていた。

保証人は、実は私の住むアパートの近くの高級マンションの最上階に住んでいたと知っ

たのはそれから五年後のことだ。その五年間で何度ホームレスを経験し、何度職を変え、何度住居を転々としたことだろうか。それはもう、遠い昔の記憶である。

お陰で私は逞しく育った。今は、車とぬいぐるみを家族としている。

フェリーでの逃亡

節約生活は今に始まったわけではない。恐らく今に至るまで生活レベルはさほど変わっていない。八王子で水商売をしていた頃はおよそ月収七十万円だった。自炊はしなかったもののどこへも行かなかったし、何も買わなかった。金の心配をすることなく生活できたというだけで、実際の生活は今までと一緒だった。実家を出てからの貧乏生活が沁みついてしまっているのだ。

そのくせ私は舌は肥えていた。北海道の魚屋で働いていたこともあり、職場の先輩やお得意さんと色んな店で食事をすることが多かったからだ。

それともう一つ。札幌にいた二十代前半の頃は自分の家に誰かが来てくれるということを心底望んでいた。

「蓮ちゃんが作る料理は美味しいから、蓮ちゃんの家で飲みたい！」

そう言って欲しいがために相当料理の勉強をした。美味い物が食べたかったのではなく、人恋しかったのである。酒は皆が各自持ち寄ったが、つまみは全て私の手料理だった。まるで我が家は居酒屋だった。それがある日突然、ぱったりと誰も来ない抜け殻の家に変わってしまった。きっかけは転職。人間関係とは儚いものだ。寂しさを埋めることは不可能だった。毎日飲み歩き、仕事もサボるようになり、有り金を全て使い果たし、多くの人を傷付けたまま、テントと身の回りの物をまとめて小樽から新潟行きのフェリーに乗った。

不思議なことにその時の自己嫌悪はそれから数年経たないと襲って来なかった。

何年かして自分が痛い目に遭い、初めて自分の愚かさに気が付いた。その当時は、まるで異国の地に旅立つかのように舞いあがり、憎き札幌を脱出した達成感でいっぱいだった。夢と希望に満ち溢れ、怖いものは何もなかった。

新潟でフェリーを降りて、ヒッチハイクで金沢へ行き、片山津の山でテントを張って過ごした。出会う人々は物珍しさからか、とても親切にしてくれた。夏の東尋坊はとても美しかった。北陸がこんなに鮮やかに見えたのは恐らくこの時だけだろう。八号線沿いにある中古車店。札幌の店にはない雰囲気がてとても新鮮で、私は完全に有頂天だった。

まさか、その先にあるものが懲役五年と変わらないような牢獄だとは想像もしていなかった。その牢獄の中にいた時でさえ、ここが牢獄であるとはそれから数年の間気が付かなかった。

罠ではない。きっと行き着く果てに辿り着いてそこから抜け出して今があるのだろう。果てから果てへ、北から南へ、東から西へ、天国から地獄へ、光から闇へ。どっちにしても全ては過去で、ここが楽園であればそれでいいじゃないか。たとえ最果ての楽園だとしても、いいじゃないか。

ただ、自信を持って言えることがある。懲役には行かなかったけれども五年間の牢獄のような生活で、若気の至りの罪は償ったと思っている。

「神様、もう勘弁してください」

そう祈り続けた。

「わかったよ」

そう言われて東京に来たのだと思っている。

いいわけ

最近の私は非常に焦りを感じている。何故かといえば、自分の時間があまりに無いし、パソコンの調子が悪くて文章が書けない。そして、全く金が無いからだ。

金が無いから働く。しかしそうすると時間が無くなり、本来自分がやりたいと思っていることが全くできないという悪循環だった。何とかこの状況を脱出しなければならないという焦りが沸々と湧き起こる。今までどうしてもやりたいことがあるにもかかわらず、どうしようもない状況に置かれた時、どうやって乗り越えたかを思い出してみる。

「先のことを考えずに今やりたいことに集中する」

先のことはもちろん不安である。しかし敢えて全く考えずに、先ずやりたいことを片付ける。不思議なことに、やり終えたその後は何とかなっているものだ。たとえ少々辛い想いをしたとしても、やり遂げた達成感が圧倒的に大きく、苦労を苦労と思わないのだ。

そんな事を思い返すと、

「また勝負しなきゃいけないな」

そう思う。

後のことを考えずに、先ずは目の前のやりたいことを徹底的に完成させることだ。たとえ金が無くなっても、きっと何とかなるだろう。理屈はないが、世の中は本当にそういう風にできている。そこで運に見放されるか味方されるかは、その時の努力量に比例する。だからとことんやればいい。どこかのタイミングでそれをやらなければ、きっと私の人生は今後とてもつまらないものになるだろう。

たとえ、毎日キャベツしか食べることができなくても。

たとえ、完成した後に無かった金を埋めるために重労働したとしても。

重要なのはタイミングだ。タイミングをきっちりと定めれば何とかなるだろうし、その先はきっと明るい。常に悩みは金が無いから時間が無いということだった。何故なら働かなければならないからだ。しかし、人間の最大のいいわけというのが、金が無い、時間が無い、自信が無いということだ。だから、私はいいわけばかりしているのである。自分で自分のことを戒めなければならない。

人間誰もが芸能人

「貴女は幸せですか？」という問いに対して私はこう答えた。

「私は毎日とっても幸せです」

それは本当だった。もちろん寂しさに襲われてどうしようもない日々もある。物事に行き詰まり八方塞がりの時もある。けれども私は毎日幸せなのだ。どんな環境も自分にとって必要なものであると考える。同時に自分の行動は自分で意思決定しているので、全てのことが自己責任だからそれなりに満足しているということだ。

しかしそれはストレスが無いというわけではない。社会で生きる以上、ストレスは必ずある。金銭的なものや人間関係、自分の不甲斐無さ。そういったものは時に私に重くのしかかりこの状況を打破したいという感情に襲われる。最近感じることとは怒りという感情は精神を衰退させ、エネルギーを奪い、寝ても取れない疲労感に変わるということだ。どんな苦境にいても怒りがなければわりとスムーズにプラスの思考に転換できるが、怒りを抱いているとどうもこうも前に進むことに倍のエネルギーを要するのだ。

しかし、時に怒りが破壊精神に繋がり思わぬ成果を上げる時もある。そんな時は、

「私を怒らせてくれてありがとう」

想像以上の成果を上げることによって、怒りも吹き飛ぶのである。

先日、原宿を歩いている時に街頭インタビューを受けた。

「貴女は幸せですか?」

「はい、私は毎日とっても幸せです」

「では、どうすれば幸せになれるのですか?」

「どんな状況でも感謝できれば幸せだと思います」

「貴女にとって、幸せとはなんですか?」

「愛に包まれることだと思います」

「ご協力ありがとうございました」

愛に包まれることとは、彼氏とラブラブだとか全てのことが順調だとかそういう問題ではない。私を信じて応援してくれる人がいれば、愛を感じ幸せを感じるものだ。どんなに

自分が孤独でも、自分は映画の中を生きるヒーローだと仮定する。ヒーローは苦境を乗り越えて最後には必ず人々から拍手喝采を浴びる。苦境とは後にある拍手喝采のためのお膳立てなのである。ヒーローは孤独だ。だから皆を救える。ヒーローは皆から愛される。ヒーローは誰のものでもない。皆のヒーローなのである。ヒーローは寂しい。しかし皆を救うことがヒーローに与えられた使命。

夜。太陽はどんなに寂しいだろうか。誰の目にも留まらず、自分の存在はどこにもない。夜、太陽は一人ぼっち。しかし太陽が生命に恩恵を与える朝は必ず訪れる。その時太陽はヒーローだ。砂漠では太陽は憎まれる。雨こそが砂漠にとっての恩恵である。あの太陽でさえ、いつでもどこでもヒーローなわけではない。ましてや、こんなにちっぽけな人間一人がいつでもどこでも皆から愛されるわけがない。そう思えば気楽じゃないか。愛される時、感謝される時、求められる時もあれば、当然憎まれる時もある。しかし、トータルで考えれば自分の存在というものは幸せなのだ。愛される時、感謝される時、求められる時があるのだから。

オリンピック選手はオリンピックという舞台で金メダルを獲得すること以外は、孤独との闘いだ。しかし、金メダルを獲得することを期待して、多くの人々からエールをもらう。オリンピックで金メダルを獲得するかどうかわからない選手にインタビューをするとする。

「貴方は幸せですか？」

「応援してくれるファンがいて幸せです。ファンの期待に応えられるように頑張ります」

オリンピック選手じゃなくたって、ただの一般市民だって同じではないだろうか。主婦だって、サラリーマンだって、おじさんもおばさんも、大人から子供まで、自分で自分のことをヒーローだと決めればヒーローなのだ。

「人間誰もが芸能人」

数年前、皆の前で私はそういうプレゼンをしたことがある。自分は自分のプロデューサーであり、自分のセールスマン。社会に出れば、誰もが自分は商品だ。明日も自分の名前を売る。そのためにいい仕事をして行こうではないか。そのためにも明日に向けたいい準備ができますように。

私は強くない

このように破天荒に生きていると強い女だと誤解されるが、それは大きな間違いだ。もちろん私には強い面が沢山ある。普通の女ならテントを担いでフェリーに乗ったりしないし、雪の中ジムニー一台で上京したりしない。私にはただ、そういった常識では考えられないことを実行に移す力があるだけで、それは決して強さではないのだ。寧ろ私は弱さの塊だ。人々の表情一つに傷付き、人々の言葉一つに幻滅し、人々の思考が見えた時に絶望する。そうかと思えば、自分にとって残酷なことをしでかす時もある。

人々には惰性でも続けるという力がある。それは、組織や家族や故郷という枠組みで生きているかどうかの違いのような気もする。私は若くして自由を手に入れたがために、我慢を知らない。一瞬でも違うと思ったら、全速力でその状況から脱出する方法を探る。それは自分を守る術でもある。そうして住居も職業も転々としているのだが、それは強さではない。その状況で耐え忍ぶ力がないのだ。空の上でふわふわ浮いている風船のように、どこまでも流されている。風船が割れないように。

私は、強気だが非常に脆い一面がある。強気に生きた後で、どうしようもない寂しさに襲われる。それは、日々繰り返されることだ。

自分の居心地のいい空間をひたすら求めていたし、自分を無条件に受け入れてくれる人をずっと探していた。本来は、そんな環境もそんな人も存在するわけがないとわかっているけれども探しているのだった。それを輝く草原と呼び、普遍的な愛と呼んでいるが、人々にとってはそれが家族であり、故郷であり、実家なのだろう。私には帰る場所がないからそれを探す旅を続けているが、旅の目的が、居場所を探すことになっているから難しい。何故なら、それは探すものではなくて自分で創るものだからだ。自分の意思でその場所を決め、そこから自分の故郷のようなものを形成して行かなければならない。そこには普遍的な愛情というものは存在しないということもわかっている。

出会う人全てに親のような愛情を求めているわけではない。傍観者としてエールを送ってもらいたいだけだ。昔は違った。やはり、出会う人々に対して欲深い部分があった。表面には出さないが、心のどこかで他人という括りを受け入れられなかった。

しかしそれらはもう解決済みであり、むしろ社会に愛されることを探っている部分の方が大きい。割り切りができすぎてしまったことは問題かもしれない。

何故なら、一生車とぬいぐるみを家族としていていいわけがないだろう。私は、本当は人恋しくて仕方がないのにいつまでも車とぬいぐるみを家族としている。そんな私のことをずっと愛して欲しいと思っていて、そんな自分のことをいつまでも愛していたいと思っている。

エリックサティは言う。

「自分が教祖で、信者は自分だけだ」と。

この言葉にとても共感した。だから富山の魚津の会館でグノシエンヌを弾いたのだ。魚津の会館というのは、私にとって教会のようなものだった。ちょうどあの頃も雪が深々と降り、私は姉のような存在の女性と一緒に魚津の会館へ通ったのだった。

音楽が終わったら

中森さんは富山にいた頃に勤めていた海外投資会社の先輩で、私の姉のような存在だった。

「橋岡さん、一緒にグランドピアノを弾きに行きませんか？」

そう誘ってくれたのである。私達は約一カ月間ほぼ毎週魚津の会館へ足を運び、暗くなるまでピアノを弾いた。六年間も富山にいたのに、私はこのような素敵な時を一度も過ごしたことはなかった。また、このような静寂に包まれた場所があることすら知らなかった。もっと早く知っていたら、どんなに富山での生活が実りあるものとなっていただろうか。

人生そんなものだ。そう簡単に大事なものには出会えない。私は五歳からピアノを習っていた。あまり覚えていないが、少しばかり音楽の才能があったそうだ。ただ単に物覚えが早かっただけのように思うが、周りの大人達は、口々にこう言ったらしい。

「この子には音楽の才能があるから、ピアノを習わせた方がいい」

私には集中力があった。そして、子供のくせに自分の感情を胸の内に秘めているようなところがあった。故にピアノを習い始めてからはめきめきと上達したし大人びた曲もこなすことができた。

私が育った家庭環境というものは、あまり穏やかではなかった。父親とは別居していて殆ど一緒に暮したことがない。

沖縄育ちの母親は、北海道に馴染めず精神的に混乱し、私に対して八つ当たりをし、弟だけを可愛がるというような状態だった。弟は気が弱く、静かに泣き、ただじっとその場にいて、ベランダや物置に閉じ込められている私を母親の気付かぬ隙にそっと逃がしてくれるのだった。父親は役所に勤めていて、しょっちゅう転勤していた。金だけは欠かさず送ってくれていた。しかし、家族からは逃げていた。贅沢もせず、ギャンブルもやらず、酒は好きだったが、仕事に対してはとても真面目だった。家族と離れていた方が、落ち着いて仕事ができたのだろう。

私は生まれた時から我が強かった。活火山のようだと周りから言われていた。気が強く男勝りで、気力も体力も人一倍だった。私は自分の中にあるエネルギーの矛先を必要とした。威圧的な母親の元で、私のエネルギーはピアノに向けられた。他に向けられるものがなかったからだ。

「子供の割に、この子は聡明な音を出す。ましてや集中力は人並みではない」

先生はそう言った。

そして、私はピアニストになるように言われ続けるのである。親としては金をかければかける程、私が練習を嫌になって辞めるということなど許せないのだ。平凡でも許せなくて、それなりに上手というレベルでも許せなくて、一流のピアニストになってもらわないと元が取れないというのである。それはもう、スパルタ教育だった。私に自由などなかった。朝起きて学校へ行き、真直ぐ帰宅し、ランドセルを置いて直ぐピアノに向かう。突き指をしたら困るとの理由でスポーツをさせてもらえない。裕福な家庭ではないのでなにがなんでも国立の音楽大学へ入らなければならなかった。そのためには勉強もしなければならない。テレビも観られない。友達と遊びにも行けない。毎日が合宿のようだった。

私には一人では抱えきれないほどの悩みがあった。転校ばかりしていて学校では虐められる。同士がいなくていつも一人ぼっちだった。それなのに悩みを聞いてくれる人がどこにもいなかった。

皆から注目されたいという想いから、常に一番でなければならないと自分自身にプレッシャーをかけていた面もある。運動会が近付くと、リレーの選手でアンカーにならなければ気が済まなかった。私は家に帰らなければならない時間まで、休み時間などを利用して黙々とグラウンドで走り込みをする。書道コンクールがあれば、何百枚も書いては捨て、これだというのができあがったら提出する。合唱コンクールでは伴奏者を務めないと気が済まない。ピアノの先生に頼んで毎日猛特訓である。そうして目立つ場面では確実に目立ってきた。

それは母親が望んでいることでもあった。私が一番になれば母親のプライドは保てるわけだ。母親の望みを叶えることは、私が無事に家にいるための手段でもあった。一番になれなかった時というのがどんなに恐ろしいものかもわかっていた。延々と説教され、

「お前を産んで私は不幸になった」

と涙ながらに叫び、雪山の中に楽譜を捨てられ、ランドセルを捨てられ、拾いに行くと鍵を閉められて家の中に入れない。弟がそぉっと鍵を開けてくれて楽譜とランドセルを持って家の中に入ると、母親は泣きながら食器を投げている。私と弟は食器の破片を拾いながら、母親に聞こえないような小さな声で、「嫌になっちゃうね……」と言う。弟は涙を浮かべながらも私には優しかった。

弟は弟で、プロのサッカー選手にならなければならなかった。試合でミスをすれば、家では延々とダメ出しを食らう。

「お前は脚が遅いからダメなのよ」

弟は、ひらがなの『つ』と『し』の区別が付かなかった。カタカナの『ツ』と『シ』の区別も付かなかった。

「こんな馬鹿な子供を産んだ私は大馬鹿野郎だよ」

酒を飲んでは罵声を飛ばし、私と弟はじっと耐えることしかできなかった。毎日怯えて暮らしていた。夕飯の時、私も弟も無言だった。

「美味しいと言いなさい、馬鹿どもが」

　無表情で答える。

「美味しい」

「笑顔で言いなさい」

　言えるわけがない。私はさっさと部屋に戻り、勉強をしている振りをする。そして、ノートにひたすら胸の内を書いた。可愛い弟を連れて、出て行きたかった。

　札幌での高校受験。私は大した高校へは進学できなかった。塾には通っていたが、さほど勉強しなかったし、学校も大嫌いだった。そこで、国立音楽大学に入れてピアニストにするという母親の夢は断たれた。補欠合格をした私は完全に勉強することは止めた。やっても無駄だった。周りのレベルに着いて行けないし、そもそもやる気がないのだから。それでもピアノだけは真面目にやっていたが、勉強を捨てた時点で私は母親からしたら裏切り者と見なされる。

「今までお前のピアノ代にいくらかかったと思っているんだ！　裏切り者！　返せ！　ふざけるな！」

　私の居場所はなくなった。ピアノを頑張り、なんとか十六歳までは家にいさせてもらったが、そもそも私は音楽大学へなど行きたくなかった。ピアノで生活して行こうという気もなかった。高校へ入ってからは心理学に興味を持ったが、母親は聞く耳を持たなかった。

しまいに、ピアノの音は弟の勉強の邪魔だとされるようになった。私の存在そのものが、もはや邪魔者でしかなくなった。

私は弟を置き去りにして、家を出た。

住む場所もなく、仕事も金も無かったが、怖いものも無かった。高校は卒業するという約束だった。だが、実家を出る以上自分の稼ぎで生活をするのは当然のことのように思っていたので、働く必要があった。しかしそう簡単に仕事もアパートも見つかるはずはない。最初は友達の家をほっつき回り、二十四時間営業のファミレスへ行き、銭湯へ行き、夜中にこっそり実家のマンションに忍び込み親の財布から金を盗んだりしていた。殆ど学校へは行かなかった。好きだった倫理の授業にしか顔を出さず、行事は一切参加しなかった。学校へ行っても図書室に籠ってばかりだった。

私には友達があまりいなかった。それは中学生の頃からだ。転校生だったということもあって、札幌には馴染めなかったのだ。ましてや、私は笑うことを知らない暗い女の子だった。放課後は本を持って喫茶店へ行き、CD屋へ行き、本屋で立ち読みをし、終電まで街をぶらついた。街では不良グループがたむろしていたが、私はそういったグループに入ることすらできなかった。聞こえはいいが、一匹狼だった。学校にも馴染めず、住む場所もなく、帰る場所もない。私の居場所はどこにもなかった。

そんな中、街でスカウトされた人に働く場所を紹介され、経営者に事情を説明して寮に入れてもらった。そこからが、私の一人暮らしの始まりだ。ススキノの外れにある小さな部屋。その部屋は四階にあり、目の前にはセブンイレブンがあり、一〇メートルも行けば三十六号線だった。あんなに憎かった家を出て来たにもかかわらず、初めての一人暮らしというものの寂しさは想像以上に苛酷だった。呼べばすぐに来てくれる友達などいなかった私は、アパートに一人でいるのが寂しすぎて、昼も夜もその経営者の元で働いた。お陰で経済的に困ることはなかった。

アパートが見つかってから、高校を卒業することと、ピアノを続けることと、今後一切親を頼らないということを条件に、ピアノを搬送してもらった。「音楽大学へは行けないが、ピアノで生活できるように頑張る」と、私は嘘でもそう言った。

その時母親からもらった手紙にはこう書いてあった。

「ピアノを送ります。今後一切、私達の邪魔をしないでください」

家を出たにもかかわらずピアノを続けようと思っていたのは、どこかで母親を信じていたからだろう。いつか私を受け入れてくれるのではないかということを。自分の中のけじめとして、ピアノはライセンスの資格だけを取得して辞めた。自由を手に入れた私は、自力で生きて行くことに必死だった。ピアノなんて、もうどうでも良くなってしまっていた。

弟はプロのサッカー選手にはなれなかったが、一流の私立大学に合格した。

そんな中。私は十八歳の時に交通事故に遭った。札幌から小樽に向かう高速道路。真夜中に流星が見たくて三人で車を走らせていると、私達の車はアイスバーンでスリップした車を避けようとして中央分離帯に激突した。助手席に座っていた私はひっくり返りバックミラーに頭から突っ込んだ。救急車で運ばれるが、その病院では治療を断られる。

「この怪我は当院では治せません」

次々と病院を当たるが、ことごとく断られる。

「絶対に鏡を見ないでください。札幌で一番の形成外科を紹介するのでそこの医師の指示に従ってください」

鏡を見ないでくださいって……。紹介された札幌一の形成外科の医師はこう言った。

「先ず私の話をよく聞いてください。いいですね。この怪我は必ず治ります。今は酷い状態ですが私の力で必ず治せます。だから安心してください。今から鏡を見てもらいます。必ず治りますから。いいですね」

鏡を見て私は言葉を失う。洪水のように涙は止まらない。心が抉られるようだった。眼球が飛び出て、眉毛は吊り上がり、おでこは内部の肉まで見えてグチャグチャ。終わったな……。

そう思いながらも頭に浮かぶのは仕事のこと。

「これじゃ、仕事行けないじゃん」生活が懸かっているのだ。

医者に止められたが、私は眼帯を付け、頭に包帯を巻き、帽子を被り、分厚く前髪を下ろし、仕事へ行った。接客業はしばらくできない。居酒屋の厨房で皿洗いだ。その医師の元で手術は五度に渡って行われ、うっすら跡が残る程度でほぼ元通りに完治した。

のちに、保険金が三千万円入った。その金は私が未成年だったため、親の元へ預けられた。その金は弟の大学費用や月三十万円の仕送りと、マンションのローン完済に当てられた。そして両親は姿を消した。私は保険金のことを弟には言わなかった。弟にとっては大事な両親だからだ。


私は二度とピアノを弾くものかと思っていた。過去を全て消してしまいたかった。それでも私には、あれだけ労力を注いだピアノというものにどこか未練があったのだろう。大人になって自分が窮地に立たされた時、失ったものを取り戻したいという想いから全財産をはたいてピアノを購入した。しかし、なかなか弾く気にはなれなかった。ピアノを買ったことを後悔したりしたが、何故か売ることもできなかった。

ところがそんなある日。

「橋岡さん、グランドピアノを弾きに行きませんか？　魚津にグランドピアノを貸してくれる会館があるんですよ。一緒に行きましょうよ」

そう言ってくれる人に出逢ったのである。最初はなかなか素直にはなれなかったものの、気が付けば自宅のピアノで練習するようになっていた。いざ魚津の会館へ行くとなると、楽しみで仕方がなかった。山の中にひっそりと建つ魚津の会館は、私にとってかけがえのない場所となった。毎週日曜日になるとその会館へ行き、猛練習をした。そして、練習の合間に中森さんと色んな話をした。子供の頃の話や、家族のこと、仕事のこと、将来のこと、恋愛のこと。

話をしているうちに私達には共通点があることがわかった。それは、育った家庭環境に居場所がなかったということ。それを今まで誰もわかってくれなかったということ。

私は中森さんを姉のように慕い、何でも相談する仲となった。

中森さんはいつか、私達が勤める会社が主催するイベントで、私が周りの人々からからかわれ馬鹿にされているのを見てこう言ってくれたのだ。

「橋岡さんは馬鹿なんかじゃない。純粋なんですよ」

こんなことを人前で言ってくれた人は、今まで一人もいなかった。ピアノの練習時間を共有することによって理解が深まったと思っているので、私はピアノを習わせてくれた母親に感謝しなければならない。人生において無駄なことなど一つもない、そう思えた。全てのことに意味があると。

私が弾いたのはベートーヴェンとエリックサティ。

あまりにも静かな魚津の会館で、音色と共に何かが舞い降りてくるのがわかった。しとしとと降る雪と共に、神様が迎えに来たのだ。私はその一カ月後、楽譜を抱えてジムニーに乗って上京するのだった。

三百六十五日

「人を信頼しすぎてしまうのは、お前が寂しい人間だという証拠だろ」

それについて否定はしなかったが、そういう言い方をされて気分がいいわけがない。確かにそれは当たっているかもしれないが、人を信頼できなくなったらもっと寂しい人間になってしまうだろうというのが私の考え方だ。では逆に、寂しくない人間がいるとでもいうのだろうか。

私にはあまり警戒心がない。そして、出会う人々のことをすぐに信頼してしまう。その人が真剣に話していることを疑ってかかったりしない。そのため、しばしば利用されやすかったり騙されやすかったりするが、怒りの感情が湧き起こっても必ず許してしまうのだ。それは、誰かを恨んで笑顔が歪むよりは、許して笑顔でいた方が私にとってはプラスだからだ。

かといって、最初から猜疑心を持っていると本来の笑顔は生まれない。その結果、人々は私に寄って来なくなると思うからだ。たとえ下心であったとしても、誰も寄り付かないよりは寄って来てくれる方がよっぽど幸せなのではないだろうか。ましてや悪い人ばかりではない。全ての人に下心があるとも思えないし、単純に好意を持ってくれているだけというパターンだってあるだろう。それを最初からシャットアウトする方が、なんだかもったいないことのように感じる。

三百六十五日、素敵な出会いを年中無休で探しているだけなのだ。守りに入ってしまえば、自ずと出会いの幅は狭くなる。世の中、どこに楽しいことが転がっているかわからないし、どこにいい人が隠れているかもわからない。

失敗して痛い目に遭ったとしても、それはそれでいいのではないだろうか。九十九回失敗したら、百回目は楽しいことかもしれない。それなのに、一回の失敗を恐れてじっとしていたら百回目の楽しみは来ない。

「人を信頼しすぎてしまうのは、お前が寂しい人間だという証拠だろ」

そう言って私を批判し、出会う人間を斜めからしか見られずに自分を守ることに必死な人の方が、私からしたらよっぽど寂しい人生を送るのではないかという気がしてならない。出会う人々と常に正面からぶつかることは非常に労力の要ることだが、そうすることでしか私は本物を見極められない。

たとえそれが馬鹿だと言われても、何もしないで本物を見失うよりはよっぽどマシだ。痛い目に遭っても、回避できない問題というのは皆無に近い。最初から疑ってかかるということが、私にはどうも納得が行かない。相手はたかが人間じゃないか。

警戒して、瞬時に相手を判断して、何かしらの危険を感じたらその人とは付き合わない。では一体、皆どこまで直観力を持っているというのだろうか。日々、直観力を磨いて正しい判断をしているとは到底思えない。

ある時、私は初対面の人に対してこう言った。

「貴方に出会えて良かった」

「橋岡さん、ダメだよ。そんなこと言ったら。ここは外国じゃないんだから、相手の人はビックリしちゃうよ」

なんで？　挨拶と一緒じゃないか。

「今日はありがとう」

それと一体何の違いがあるのか、私にはよくわからない。

夕陽が物語る始まりと終わり

「雲がかかっていないと、ここから富士山が綺麗に見えるんだよ」

お客様が全員退出した後、残客がいないか水面付近を点検していた時に競艇場の職員がそう話しかけてきた。

「そうか、私は富士山が見える職場にいるんだな」

ふと不思議な気分になった。

東京で暮らしているという実感が湧き起こり嬉しくなったが、考えてみると東京へ来て一年以上が経つのに生活は全く安定していない。これだけ働いていても安定しないのは、積み重ねるということが不得意だからだろう。ただ、東京で暮らすという夢が実現しただけだ。

人間関係も、仕事も、経済的にも、私は頑張り過ぎて破滅するというサイクルから抜け出せずにいる。何をやっても続かない。燃え尽きるというわけでもない。何故か破滅へ向かってしまうのだ。

恐らく、信頼のあとに来る失望というものが原因だ。自分が思い描いていた世界とは違うとわかるに連れて、私の心は破滅へと向かう。信頼があるから失望がある。その心に再びエンジンをかけるためには、新しい環境に身を置くしかない。

そうやって住居も職も転々としてしまう。人間関係に於いてもそうだ。

私には放浪癖がある。何かに行き詰ると必ず別の空気が吸いたくなり、遠くの空ばかり眺めるようになる。

目的もなく当てもなく、希望だけを胸に秘めてどこかへ行くという行動。それは私に元気を与えてくれるものの、気が付くと帰る場所さえ失っている。地に足の着いた生活ができずに、どこまでも流されている。自らそういう生活を望んでいるわけではないが、気が付くと同じことを何度も繰り返している。

「これからどこへ行こうかな」

雲がかかっていなければ富士山が見えるという空を眺めながら、そう思った。競艇場へ通う日々が終わったとしてもこれといってやりたい仕事があるわけではないが、生活のためには何か探して働くしかない。家賃を払い、光熱費を払い、煙草を買い、酒を飲むために、何故こんなことを繰り返さなければならないのかと思うと虚しくなる。

競艇場の待機室には、うちの会社の求人広告が載っている新聞のコピーが置かれていた。時給も日給もでたらめ。

「この大嘘つきが」

私達は皆、これに騙されてこの場にいるのである。もはや笑うしかない。それでも、騙された結果この職場の仲間に出会えたのだ。流れ流れて、私がこの最果ての地へ辿り着いた意味を考えなければならない時期に入った。誰かと出会うためだったのか、何かを学ぶためだったのか。

日は長くなり、仕事後に見る夕陽は始まりと終わりを物語っているようだ。皆の笑顔は少しずつぼやけ、皆の声は少しずつ遠くなり、大勢の中で私は急に孤独を感じ始めた。

「これからどこへ行こうかな」

友情を築き上げるには少し短かったような気もするが、友情などと語ると、

「それは橋岡さんが寂しい人間だから、出会う人を信頼し過ぎているだけ」

などと言われるのだろうか。

多くの人の笑顔を置き去りにその場から消えるのはとても残酷なことだ。しかし私の目に映るその笑顔が偽りだったらと考えるほどわけがわからなくなってくる。自分が孤独な時ほど、人々の表情は怪しく思える。自分が幸せな時というのは、目に映る全てが美しい。自分がホームにいれば歓喜はエールに聞こえるが、自分がアウェイにいればそれはヤジのように思えてしまう。少なくとも富士山が見える環境で暮らしていることを嬉しいと思えるのは、まだまだ旅行気分なのかもしれない。

混乱を招く淫らな女

涙がこぼれ落ちそうなのを必死で堪えて帰ってきた。空気はだいぶ暖かくなり、春の訪れがもうすぐそこにあることを思わせた。外仕事というのはこれからが楽しい季節なのだが、過酷だった冬の終わりと共に幕を閉じることになりそうだ。慣れ親しんだ職場を離れ、

仲良くなった仲間と離れることが悲しくて仕方がないのである。

私が所属する会社には孤独な人間が多かった。理由があって高齢になっても一人で生きている。年齢は違えど私も孤独な人間なので、気持ちはわかるつもりだった。人間は元気で健康なときはいいが、体調を崩し、働けない状態になるとてつもない不安に襲われる。身内がいれば世話をしてくれるが、そうでない人間は一体誰が面倒を見るのだろう。

私は過去に、過労で倒れて仕事へ行けず、頼る人もなく、絶体絶命と思われることがあった。電話をかける相手もいない。話し相手は月に二回通う病院の医師だけだった。一日は長く、カレンダーの月日は一向に進まず、入院する金もないので部屋に一人でいることしかできなかった。

体調が良さそうなときに、身体を起こしてスーパーへ行く。その途中、大家さんに会う。

「あら、橋岡さんこんにちは」

その一言に涙が溢れるのだ。話しかけてもらえたからだ。倒れてから仕事に復帰するまでの三カ月間。日記にはひたすら自分を励ます内容を書き綴った。そんな中新聞の勧誘が来る。その日はとても楽しかったと書いてある。久々に人と会話をしたからだろう。

布団からやっとの想いで這い出て、ご飯を炊く。リハビリも自分でしなければならない。少しずつ腹筋運動を始め、部屋の中で歌を歌う。誰とも口を聞かないので、声を出す練習をするのだ。回復してくると、ダンベルを持ち、音楽に合わせて持ち上げながら歌う。それを延々と繰り返す。

夜になると、窓を開けて月を探す。部屋から月が見えると、必ず良くなって元気に働けるようになると思うことができる。月が見えなくても、必ず現れることを信じて待つのだ。

こんな時、電話がかかってくるのは保険屋のおばちゃんくらいだ。私はとにかく誰かと接触したいので、近くのファミレスまで来てもらうことにした。

「蓮ちゃん？　別人じゃない？　誰だかわかんなかった。ずいぶん痩せたね」

その言葉に大きく傷つく。嘘でもそんな時は、変わらないねと言われたかった。

結局、過労では保険は降りないということを聞いて帰ってくる。私は筋トレと歌の練習を繰り返すことによって、三カ月後には会社に復帰した。会社で待っていたのは黄色い歓声。

「蓮ちゃん、お帰りー」

私は唖然とした。この三カ月間、誰からも電話がこなかったのだ。部屋に一人で過ごす三カ月間はあまりにも長かった。誰かが電話一本くれたら、どれほど救われたことだろう。会社に戻っても私の存在を誰も覚えていないのではないかとさえ思っていたのだ。

「心配していたのよ。元気そうで良かった」

いやいや、やっとの想いで元気になったのだ。この会社にいる全員は、私が頼る人も無く、一人で部屋にいることを知っている。ほとぼりが冷めた頃に声をかけるのは簡単だ。

人間は元気で健康な時はいいが、体調を崩し、働けない状態になるとてつもない不安に襲われる。自分のそういった経験からも、私は孤独な人間が弱っていたら声をかける。しかし、その私の行動を挑発とか誘惑と受け取られることがあった。

競艇場でのことだ。孤独な高齢の上司が過労と体調不良で弱っている時。私は励まし、私にできることはするべきだと考えた。しかしその上司は、私の行為を「好意」と受け取り、この女は俺のものだと始まった。元刑事であるその上司は、私に対して尋問を繰り返す。

「お前は俺に付いて来い。わかったか？　俺の言うことを聞け！」

延々と繰り返す。私は断る。

「それはできません」

私がわかりましたと言うまでそれを続ける。あまりにしつこくされるので、仕方なくわかりましたと言う。

「それは、本当か？　本当なんだな！」

それもまた延々と続く。

電話に出ないと引っ切り無しにメールが来る。

「お前は嘘つきだ！　返信しろ！　俺の言うことを聞け！」

私は何度も止めてくれと懇願したがその場で謝るだけで一向に止めようとしない。私は職場の仲間に相談し、しまいには会社のトップにまで話を上げた。ノイローゼになりそうだということを伝えたがわかってもらえなかった。しまいに、私は職場に混乱を招く淫らな女という言われ方をする。

「橋岡さんから誘惑したんでしょ？　男なら勘違いするに決まっている」

「橋岡さんが辞めれば、この職場でこのような問題の原因がなくなる」

私は邪魔者とされた。

「橋岡が辞めれば？」

私の行為を挑発や誘惑と受け取れるということは、本人はさほど孤独ではなかったということだ。勘違いして、この女をモノにしようという精神的な余裕があったということだ。

私が勝手に相手を信じすぎてこういう結果になったということだ。

「橋岡が人を信じ過ぎてしまうのは、お前が寂しい人間だという証拠だよ」

しかし、私の気持ちを嘲笑い自分達の立場を保とうとするそいつ等は、本当に孤独になったとき誰も助けてくれないだろう。

それはともかく、私はこの職場で秩序を乱す邪魔者となってしまった。私がいなくなるしかないのである。なんという結末なんだろう。せっかく馴染んだ職場を離れ、仲良くなった仲間と離れることが悲しくて仕方がない。

しかし、「そんなのお前の勝手な都合だろ！」と、冷たく言われて終わる。

「は？　仲間？　お前が信じた仲間とやらの結果がこれだろ？　自分のやったことを正当

化して被害者ぶるのもいい加減にしろ！」

とどめを刺された。

私は目を閉じて電話を切った。あまりのショックに、それ以来私から笑顔が消えた。お客様の前では無理やり笑顔を作るが、目が死んでいるのが自分でもわかる。一つ言いたいことがある。そこまで侮辱される筋合いはない。

ショコラ・ローズ

「お前、何故赤い口紅を塗らないんだ？」

競艇場にいる予想屋さんは、私の顔を見るなりそう言った。

「持っていないからです」

「若いのにもったいない。お前、一生結婚するな。お前は独身の方がいい。独身が似合う」

「そうですか」

「赤い口紅くらい買えよ。そのまつ毛は付けまつ毛か？」

「いいえ、自分のまつ毛です」

「お前、どこに住んでいるんだ？」

「国分寺です」

「国分寺？　そうか、俺の父親は昔国分寺にいたんだ。国分寺に物件があってな、俺はそこには入らなかったけど国分寺へはよく行っていたんだ。そうか、懐かしいな。女っていうのはな、面倒臭いんだよ。こっちは挨拶代わりに可愛いとか言ってやるだろ？　そしたら急にモジモジしたりするんだ。馬鹿じゃないかと思うよ。お前は偉い。可愛いと言われても鋭い目つきを変えないな。堂々としてる。俺はな、そういう女が好きなんだよ。国分寺なら近いじゃないか。今度飲みに誘うから来いよ」

私は下を向いて笑ってごまかし、お辞儀をしてその場を去った。クソオヤジが……。


赤い口紅と言われ、上京する前に通っていたファミレスでのひと時を思い出した。

「お姉さん、素敵な毛皮ね！　私も毛皮が大好き！　この毛皮主人が買ってくれたのよ！」

私は何も言わず笑顔で会釈する。

隣のテーブルに座るご婦人が私に話しかけてきたのだ。確かに彼女も黒い毛皮を着ていたが、私の毛皮よりも安っぽく、髪を紫に染め、チェーンの付いた眼鏡をかけ、派手な赤い口紅を塗っている。体格が良く、六十歳前後と思われる。テーブルの上には、携帯電話とマイルドセブンを二箱、小さなラジカセ、ランチメニューのハンバーグセットと、自分で持ち込んだと思われるエビアンのペットボトルが置いてある。

「ごめんなさいね。うるさくないかしら？　私ね、音楽大好き！　煙草も大好き！　いつも台所の隅に置いてある椅子に座ってね、このラジカセで音楽を聴きながら煙草を吸うの。私、寂しいのよ。誰も構ってくれないからね、寂しいのよ。主人はね、私に暴力を振るうからいつも台所へ逃げるの。そして主人が酔い潰れて眠った後、このラジカセで音楽を聴きながら煙草を吸うの。私ね、身体を壊して入院していたのよ。先生がね、栄養を取らないと駄目だって言うのよ。だからね、週に一度この店に来るの。そしてハンバーグを食べるのよ。身体の調子が悪い友達にも勧めるのよ。ハンバーグを食べなさいって。音楽はね、何でも好き！　シャンソン大好き！　ジャズも大好き！　クラシックも大好き！　ロックも大好き！　私、音楽大好き！　煙草も大好き！　お姉さん、その煙草メンソール？」

「そうです」

「あら素敵！　私はいつも馴染みの店で煙草を一日二箱買うの。マイルドセブンよ。店長さんがね、いつもお礼を言ってくれるの。たまに飴をくれるのよ。ほら、この飴。ビタミンＣの飴よ。お姉さんもこの飴を舐めなさい。喉がスーッとするわよ」

「ありがとうございます」

「読書の時間を邪魔しちゃってごめんなさいね。このラジカセ邪魔じゃないかしら？」

「気になりませんよ。私も音楽が好きですから」

「良かった！　お姉さん、薄化粧ね。口紅を塗っていないのね。黒の毛皮には赤い口紅が似合うのよ！　赤い口紅を塗りなさいよ」

「そうですね」

「お姉さん、旦那さんはいるの？　旦那さんは何のお仕事なさっているの？」

「独身です」

「あら素敵！　お姉さん独身でいなさいよ。結婚なんて虚しいわよ。私が何をしたって言うのよ。私なんてアザだらけなのよ。私の話なんて聞いてくれやしない。酔って帰ってきて私を殴って寝るだけ。結婚なんて虚しいだけよ。お姉さん、結婚なんてしちゃ駄目。独身でいればいいの。もったいないわよ。とっても素敵な人が現れたら、そのとき考えればいいのよ」

「ハハハ、そうですね」

「余計な話ばかりしてごめんなさいね。涙まで流しちゃってね、私ったら。あら、もうこんな時間。友達が待っているから行かなくちゃ。お姉さん、この近くに住んでいるの？」

「すぐそこです」

「良かった！　じゃあまたここで会いましょうね。あー楽しかった。優しいお姉さんに出会えて私幸せ」

　鼻を拭きながらそのご婦人はボロボロの軽四に乗って帰って行った。

　辺りはすっかり暗くなっていた。私は読んでいた小説を閉じ、ビタミンCの飴を舐めながらハイライトメンソールを吸った。あのラジカセから流れていたのは、トムウェイツだったな。なかなかいい趣味していたな。いい人なのに、涙なんか流しちゃって。そう思った。富山を出る日まで、あと二日という時だった。二日後には、東京へ向けてジムニーで出発する。

何もない部屋へ戻るのが嫌だった。私はまた小説を開く。

「失礼します。こちらのお皿をお下げしてもよろしいでしょうか？」

いい加減帰れと言われているような気がした。

「はい、ご馳走様でした」

何となくいづらくなったので会計を済ませ、ジムニーに乗った。雪は止んでいた。ガラガラの駐車場にはジムニーのエンジン音が鳴り響いた。

「なんだ、駐車場ガラガラじゃん。もう少しいれば良かったかな。まーいいや、酒でも買って帰るかな」

そうして近所のスーパーへ向けてジムニーを走らせた。

富山から上京して一年近く経ったある日、国分寺まで中森さんが様子を見に来てくれたことがあった。彼女はお土産に銀のぶどうというお店のバラ科のお菓子を持ってきてくれた。

「ショコラ・ローズ」

箱にはそう書いてあった。

「ローズかぁ……」

私は、吉祥寺で買ったトムウェイツのCDをかける。トムウェイツを聴きながら、富山のファミレスで出会った、黒い毛皮のラジカセを持ったご婦人のことを思い出した。音楽は孤独な人々を癒す。土地も世代も超えて、私達の涙を乾かしてくれる。ハイライトメンソールに火を付けて、鏡を見る。

「赤い口紅買おうかな……」

私は黒い毛皮を羽織り、ジムニーのキーを手に取った。

妄想

大金を手にして、太平洋へ行って、そこから富士山が見えたとしてもそこに希望がなければ恐らく元気は出ないだろう。

全く金が無く、休暇も無く、食べる物も無かったとしても。その先に希望があればどんなことがあってもへこたれず、多少調子が悪くても闇雲に前に突き進むことができるだろう。人間なんてそんなものだ。栄養でも、休息でも、金銭的な余裕でもない。心を元気にしてくれるものとは、希望の光を見つけたときのアドレナリンだ。

その光が確かかどうかということは問題ではなく、あるかどうかわからない光を信じて自分がキラキラしていられるかどうかである。根拠もなく何かを信じていることは、時として馬鹿にされる。しかし、根拠もないのに全てを疑ってかかる人の目は濁っている。尚且つ、自分自身をも信じられないとしたら、その人の元気の源はどこにあるのだろうか。私にはないけれど、何かを守ることなのだろうか。

真実などこの世にはない。真実を追い求めるよりも、いかに自分を信じることができるかが重要だ。

誰かが隣で腕枕をしてくれる。しかし、その人は目を閉じて、誰のことを想い浮かべているかなんて全くわからない。どんなに問い詰め、どんなにその人を縛りつけても、本当のことなんてわからない。隣で眠る彼のことを、本当に大好きかどうか自分に問うた時、本当に大好きならばそれでいい。もしかしたら、この人は別の誰かを想い浮かべているかもしれない。それでも私はこの人のことが好き。それが一番重要なのではないだろうか。逆に、この人は私のことが大好きだけれども、私はこの人の隣で別の人の事を想い浮かべている。もしかしたら、この人だって別の誰かを想い浮かべているかもしれない。しかし、自分だって別の誰かを想い浮かべているのだから、この人の胸の内の真相はどうかなんて考えてはいけないのだ。

BROTHER

大雪が降ったかと思えば、次の日は十二度を超える暖かさ。ようやく春が訪れるのかと思いきや、また真冬の寒さだ。最近の東京の天候は実に不思議だ。私は非常に寒さに弱い。札幌を出た理由の一つに、寒すぎるというのがある。しかし、気候が暖かければ未だにそこにいたのかと聞かれれば、決してそうではない。

まだ私が札幌にいた二十二歳頃の出来事だ。弟と二人でランチを食べに行ったことがある。久しぶりの再会だった。

「姉ちゃん、あの時俺ら沖縄に残っていたらどうなっていただろうね」

「たぶん結果は今と一緒なんじゃないの？」

「沖縄に残ってみたかった気もするけどね。もしかしたら沖縄にいた方が俺らは楽しかったかもよ」

「うん、たぶん札幌へ来たことは間違いだったよね」

私達姉弟はものすごく沖縄に愛着があった。私は幼少時代の殆どを沖縄で過ごした。祖父母の愛情の元ですくすくと成長した。五歳年下の弟が生まれてからも度々沖縄を訪れた。ムーンビーチへ行って海水浴をしたり、ソーキそばを食べたりしたのをよく覚えている。私達にとってはまるで楽園のようだった沖縄。しかし、弟が生まれたと同時に北海道へ引っ越してからは、ある意味地獄だった。母親の様子が変わってしまったからだろう。毎日涙を流しながら酒を飲む母親と三人きりの生活。そこには祖父母はいない。母親は父親が不在の状態で一人で子育てをしなければならなかった。父親は単身赴任をしながら家族から逃げているように見えた。たまに帰ってきては夫婦喧嘩。私達姉弟は黙ることしかできなかったのだ。私と弟は、沖縄に帰ればまた母親が穏やかで優しくなるものと信じていたのだ。しかし、沖縄へ帰るという夢は叶わず祖母は六十歳という若さでこの世を去ってしまった。

皿に盛られたカルボナーラを食べながら、私は続けた。

「とにかくお前はね、どこまでも逃げなさい。立ち向かわずにどこまでも逃げなさい」

それから弟は母親から逃げて、東京の大学へ行き、就職後韓国のお嬢様の婿養子という形を選んだ。

「よくやった、お前は偉い！」

私は大絶賛した。弟なりのやり方で両親から完璧に逃げたのだ。

私は上京して来ても住む場所がなかったので、カプセルホテル生活から始まった。そこで八王子にアパートを借りる際、弟に保証人になってくれないかと頼んだが断られた。他に保証人になってくれる人がいなかった私は多額の金を積んで保証人なしでそのアパートを借りた。古い一軒家の二階だった。しかし、職場が変わったこともあり、国分寺に引っ越した。そんな中、国分寺のアパートから弟に電話をかけてみたことがある。

「姉ちゃん、住む場所あるの？」

「国分寺のアパートにいるよ。同じ東京にいるからたまに一緒に飲みたいなと思って電話した。奥さん元気？」

「元気だよ。父さんに電話してるの？」

「してない。もう、私から電話することはないと思うよ」

「そうだね……」

保証人のことはもうどうでもいい。心配してくれていたのだろう。この電話ではそれを感じることができた。保証人になるのを断ったことも、どこか後ろめたさを感じていたのかもしれない。電話に出た弟の声は優しかった。私の新しい携帯電話の番号を登録していなかったようだ。そうか、だから今まで連絡が来なかったのか。

血縁を全く信じていない私だが、弟のことはいつまでも可愛いのである。そんな可愛い弟のことを、私が勝手に実家を飛び出し置き去りにしてしまったという罪悪感が未だにある。私も寂しかったが、置き去りにされた弟の寂しさは計り知れない。私は弟のことが大好きだったし、私達はとても仲が良かった。子供の頃、弟を連れて行った映画が二つある。ジブリの映画とドラえもんの映画。ドラえもんの映画を観た後、二人ともすっかりハマってしまい、母親のいない隙にいつもビデオを回しては二人でゲラゲラ笑いながら、ドラえもんごっこをしていた。

そんな私達は、親戚の葬式で再会した時、テレビ番組に大笑いして周りの親戚から散々怒られた。しかし、怒られれば怒られるほど、笑いというものは止まらないのである。不謹慎だと言われて当然だが、葬式での再会はとても楽しかった。私はいつまでも弟が可愛くて仕方がないのだ。本当は、弟だって姉のことが大好きなのだと信じている。

とある正月、私は初めて弟の奥さんを紹介してもらった。三人で新宿で酒を飲んだのだ。弟の奥さんは韓国の女性で、非常に明るく可愛い人だった。豪快にビールを飲み、豪快に笑った。大柄な女性で弟と同じ歳、私より五歳年下だった。三人兄弟の末っ子という割にはしっかりしていて、私の方が圧倒的に子供っぽかった。弟夫婦は私の話を聞きながら、ゲラゲラ笑った。

「姉ちゃんいつまでそんなガキみたいなこと言ってんの？　馬鹿じゃないの？」

弟はそう言った。

「違うのよ、お姉さんは馬鹿なんじゃなくて純粋なのよ。女だからそれでいいのよ」

弟の奥さんはそう言ってくれた。それで私は本当に安心した。いい奥さんと結婚してくれて本当に良かった。弟が一人で新宿に暮らしている頃は、心配で仕方がなかった。悪い奴に絡まれていやしないか、あんな人混みの中で人間らしく暮らせているのだろうか。寂しい想いをしているのではないだろうかと。

「何かあったら私が助けてやる」

そう思って正社員になって真面目に働いたこともある。しかし、弟の奥さんに会った時に私は吹っ切れた。もう心配ないな。ごめんね、姉ちゃんは自由に生きるよ。

「私の弟を宜しくお願いします」


弟が結婚する前のことだ。私は富山県にある自動車メーカーの下請け会社で働いていた。その会社は富山県の射水市というところにあり、私はそこから車で三十分くらいの寮に一人で暮らしていた。常願寺川の畔にあるそのアパートは、私以外はロシア人しか住んでいなかった。ゴミステーションにはジンとウォッカの空き瓶が山積みになっていて、夏になるとアパートの前では上半身裸で二メートル近くありそうな男達が顔を真っ赤にして酒を飲んでいた。私は送迎バスを降りて、作業服で自分の部屋へ入ろうとする。

「ハーイお姉ちゃん、コンニチハ」

嫌がらせは一切して来なかった。とてもフレンドリーだったが私の部屋を訪ねてくることもなく、平和に過ごすことができた。朝七時に送迎バスが迎えに来て、アパートに帰ってくるのは夜二十二時過ぎだった。近所にあるスーパーは夜二十時で閉まる。だから帰宅後、アパートから二十分歩いたところにあるコンビニでビールとつまみを買って、一人部屋で飲む。その繰り返しだった。

私はある日、一人で酒を飲んでいると急に弟の声が聞きたくなった。理由は覚えていない。

「姉ちゃん、俺、明日から生きて行くのがだるいよ」

「どうした?」

「女に振られた。姉ちゃんナイスタイミングで電話くれたよ。さっきさ、女に振られたんだよ。俺さ、女に惚れたことなんてなかったんだよ。女なんて皆一緒だとしか思ってなかったし、適当に遊べればそれで良かったんだけどさ、初めて真剣になったんだよ。携帯電話買ってやったり、通話料金も全部俺が払ってやったり、結構尽くしたんだよ。それなのにさ、前の男とよりを戻したんだよ。前の男が戻ってくるまでの繋ぎだったんだよ、俺は」

「女に惚れるなんて珍しいね。あんなに冷めていたのに。だって、こないだ電話した時はさ、何年前かな……。二人して凄く冷めていたよね。恋愛なんてただの遊びだって言ってたよね」

「そうだよ。恋愛なんてただの遊びだよ。女なんてさ、俺が何もしてないのに勝手に寄って来る。だから遊んでやるけど、それまでだよね。俺から誰かを好きになってどうのこうのってことはあまりないな。姉ちゃんもそうだろ？　俺ら何故か冷めてるんだよ。こないだまで一緒にいた人とは？」

「別れたよ。子供が欲しいって言われたから。子供を産む勇気のない私には幸せにしてあげられないと思ったから」

「俺はどうかなぁ、子供がいたら色んなことが楽しいと思うよ。キャンプをしたり。一人なんて楽しいことないよね」

「だけど、恋愛に冷めているんでしょ？」

「そうなんだよ。だけど今回の彼女に対しては違ったんだよ。俺は真剣だったよ。だけど俺は結局繋ぎだったのさ」

「お前ならすぐにいい人が現れるよ」

「あー、マジで明日から生きて行くのがだるいよ。この感情のまま朝起きて、いつもと同じような生活を送らなきゃいけないなんて、マジでだるいよ」

それから三年後、弟を振ったその女は自殺した。理由は知らない。どういう形で命を絶ったのかも知らない。私からそういうことは聞かない。ただ、事実を知らされただけだ。

弟は葬儀には出席し、線香をあげて来たとのことである。

その後私は何度か弟に電話をかけた。

「彼女できた？」

「いや、だけど普通に生きているよ」

私はそれから何人かの男と付き合い、別れた。そして、未だに結婚していない。私はおそらく結婚というものがわからないのだ。そして子供を産むということもピンと来ない。何故なら、私は自分が親になるということを未だに受け入れられないのだ。無防備で甘えられる存在を求めている。ホームセンターに行き交う人々を眺めているが、私は子供になりたいとしか思えない。

親の愛という名の下で無防備にゲラゲラ笑う子供達。弟とゲラゲラ笑っていた日々。それはあまりにも遠く、思い出そうと思っても記憶はなかなか蘇らない。親の目を盗んで、どんな遊びをしていたか。親のいない間、私と弟がどうやってゲラゲラ笑っていたか。笑っていたことだけが頭には残っているが、それを追い求めて生きたところでもう弟は別の世界にいる。私はこれから一緒に笑える相手を探せばいいのだが、未だに見つからず。この歳にもなって子供でいたいという私のことを、親の愛のように受け入れてくれる人がいるとも思えず。思い出の中でだけで生きるにはあまりにも寂しく。

記憶にはないが、私にも無防備に笑っていた時期があったのだ。それを忘れることができずに、放りだされた社会の中でいつまでも探しているのだろう。恐らくそれは弟が産まれる前の記憶で、沖縄にいる頃母親がとても優しかったからだろう。皆から可愛がられ、皆から愛された時期というものがあまりにも鮮明な記憶として残っている。それを私はいつまでも忘れることができずに追い求め、いつまでも一人で思い出せない記憶の中を彷徨っているのである。

大人になってから、私が子供のように誰かに受け入れてもらい、私が子供のように無防備に甘えることができる環境というものは恐らく存在しない。しかし、それを追い求めることが私の人生だとすれば、私が子供を産むことなく家族というものを形成するにはどうすればよいのだろうかと考える。弟のように、どこかの家庭に入り、可愛がってもらうことなのだろうか。

私の場合は少し違う気がしてならない。

バイト

二日連続で、私は考えられないほど眠った。先日は起きていた時間が六時間しかない。

夕方の十七時に起きて、夜の二十三時には寝て、起きたのは朝の十一時。その前の日は仕事から二十三時に帰って来て夜中の零時に寝て、起きたのが翌日の夕方十七時である。十七時間眠り続けていたことになる。これはどう考えても異常だ。眠気を覚ますためにコーヒーを三杯飲み、空腹に耐えられなくなったのでご飯の上に目玉焼きとソーセージを乗せて食べた。そして起きてからずっとインターネットで求人広告を見ていた。一番手っ取り早いのに、「不燃ごみ収集車ドライバー」というのがあった。最寄駅は国分寺駅。時給千二百円。八時～十七時。土日休み。悪くない。

しかし、応募はせず保留にした。ずっと気になっていた横田基地の求人情報にはこう書かれてあった。

「今から十五年前から以後約十年の間に、戦後から働いてきたおよそ二千人の日本人従業員のほとんどが退職し、新しい二十代、三十代の人と入れ替わりました。その時点では大変な数の求人がありましたが、現在は退職する人が少ないため求人がなかなか出ないという状況にあります」

しかしよく見てみると、これは二〇〇三年の四月の情報である。現在ハローワークに登録されている求人情報は三件あったが、いずれも私が持っている資格では通用しない仕事ばかりだった。ＣＡＤやフォークリフト、と書かれてある。福生までは国分寺から電車で一時間かからない。通勤圏内ではある。非常に遠いイメージがあるが十分通える距離ではある。いずれにしても私は、今月はまだ競艇場の仕事があるし、もう少し時間を置いてじっくりと探してみることにした。

私の場合、特に何がしたいということはないのだが、これだけは嫌だというのはある。まず、ビジネススーツを着て出勤するような仕事。営業職のような名刺を配る仕事。つまり、ビジネスマンになりたくないのだ。ビジネスとはかけ離れたところで働きたいという気持ちが強い。ドライブのような感覚で、ジョギングのような感覚で、散歩のような感覚で、お出掛けするような感覚で出勤し、適度に汗を流し、あまり頭を使わず、時間が来たら帰る。売上だの、ノルマだの、そういったものに追われることなく、プレッシャーを感じることなく、時間から時間まで元気に笑顔で爽やかに働いて、ストレスの溜まらない仕事。それが理想。

そして執筆をする。

皆で仕事のことについて議論を交わすのも楽しみの一つではあるが、仕事とは全く関係ないことについてぺちゃくちゃお喋りをし、たまに飲みに行ったり、ショッピングへ行ったりできれば最高だ。つまり、私は労働者向きなのだ。ビジネスの世界で戦うタイプではない。組織というものの中で上手くやっていけるタイプでもない。バイトをしながら、本を読んだり文章を書いたりできればそれでいい。

弟夫婦と三人で飲んだ時に、弟はこう言った。

「俺みたいにさ、サラリーマンで上手くやって行ける人はそれでいいけど、姉ちゃんは違うだろ。かといっていつまでもバイトを転々としていればいいってもんじゃないんだよ。姉ちゃんには才能があるんだから腹を括らなきゃダメなんだよ」

「才能って何？」

「凡人じゃないっていうことかな」

「ただの駄目人間なんじゃないの？」

「そうとも言うね。だけど、自分で自分のことを駄目人間だと言ってしまうのは逃げなんだよ。芸能人だって皆そうじゃないか。サラリーマンにはなれない人ばかりじゃないか。それを駄目人間とは決めつけずに努力しているんだよ。姉ちゃんを見ていると無性にムカつくんだよな。普通の人間はさ、家にあるものを全部捨てて車だけでどっか行ったりしないんだよ。そういうことを他で活かせばいいのに」

ご尤も。

私にとっては、会社の中で真面目に生きるというのは人生を無駄にしているように思えてしまうのだ。それほど組織というものが苦手で窮屈なのだ。

弟はいい大学を卒業し、いい会社に就職して経済的にも安定し、結婚し家庭を築く。姉は、何度も職を変え、住居を変え、三十歳を過ぎても結婚もせず、恋愛しても続かず、経済的にも不安定。弟の言う通り、どこかで腹を括らなければならないのだろう。

　先日遊びに行ったとある競艇場の施設はとても綺麗で充実していたが、私が働く競艇場の方が開放的で活気がありお客さん同志がとてもフレンドリーだった。来客数はかなり多かったが、ギャンブル場とは思えない静けさだった。これは一体何故だろうか。暴れる人もいなければ、熱くなる人もいない。波乱のレースがあってもどよめきさえ起こらない。私にはまるで病院のように見えた。高齢者が沢山いて、フナ券売り場は病院の待合室のような感じがした。無言でフナ券を買い、無言でレースを観戦し、無言で帰る。ある意味、異様だった。その競艇場には同じ職場で働く漫画家の先生と一緒に行った。連れて行ってもらったという言い方の方が適切だ。

　西国分寺駅のホームで待ち合わせをするはずだったが、私は誤って武蔵浦和行きの電車に乗ってしまい、すれ違いとなってしまった。結局武蔵浦和のホームで落ち合い、戸田公園から無料バスに乗ってその競艇場に向かった。

　私達は八レースから参戦したが、私はいきなり万舟を当てた。その後の九レースから十二レースまでは見事に大負けだった。一方、漫画家の先生は全戦全敗だった。当初、勝った方が夕飯を奢る。二人とも負けたら漫画家の先生が奢る。そういう話だったが、私が勝ったにもかかわらず、札幌へ旅行に行くのだからそのためにお金をとっておきなさいとのことで夕飯に焼き鳥を奢ってくれた。小説の話や漫画の話、文章を書くということの話で盛り上がり、あっという間に時は過ぎた。そこでの会話の中で強烈に印象に残ったことがある。

「私も弟も手段は違えども、親から逃げたということには変わりがないように思うんですよ」

「いや、弟は逃げていない。ただそこでじっとしているだけだと思う」

私は弟を置き去りにしたまま十六歳で親から逃げた。その後、弟は親から逃げ東京の大学へ行き、韓国の女性と結婚し婿養子という形を取った。しかし、それは逃げではなく、自分が寂しくならないような環境を選び、そこにじっとしているだけなのだと考えれば妙に納得する。そして弟はもう姉を必要とはしない別の世界で生きている。弟からすると、幼い頃に姉から捨てられたのだという想いがあり、私はずっと恨まれていたのだ。

「姉ちゃんが出て行ってから俺がどれだけ苦労したと思っているんだ。俺は一生分の親孝行をしたからもう自由になりたいんだよ」

それが、弟が結婚する時に両親に言った言葉。

韓国で結婚式を挙げたが、両親だけが参加し私のことは呼ばなかった。弟は、結婚式以外に奥さんを両親に会わせることはなく、北海道にも連れて行ったことはない。

弟の奥さんは、私と弟と三人で飲んだ時に私に言った。

「私はご両親に嫌われているみたいですね。会うのが怖いです。たまに酔っぱらってお母さんから電話が来るんです。駄目な嫁だと言われます」

「一生会わなくてもいいよ。ただ、弟の傍にいてくれればそれでいいよ」

私はそう言った。

「私達姉弟はさ、転校してばかりでずっと寂しい想いをしながら育ったの。両親がとても仲が悪くてさ、私はさっさと家を出てコイツを置き去りにして好き勝手やってきてさ、コイツにはそうとう寂しい想いをさせてしまったのよ。だから仲のいい家族の中に入れてコイツは幸せだと思うよ」

「そうなんですね、そんなこと初めて聞きました」

「私達姉弟はキザだからさ、そういうことは自分から言わないのさ」

そうか、弟は自分から寂しかったということを言わないのか。男としてのプライドもあるのだろうか。しかし、仲睦まじい家族の中で弟はどういう心境なのだろうかと考えずにはいられない。当然、家族同様に扱われ、毎日楽しく生活していることだろう。そんな中でも自分が育った家庭環境を思い出さないはずもない。自分の中にある闇の記憶を隠し、過去の自分と決別し、全く新しい自分を生きているような気がしてならない。そう考えると、私とも会おうとしない、両親にも会おうとしない、北海道へも行かない。その理由がなんとなくわかる気がする。

きっと、弟は生まれ変わろうとしているのだろう。それは逃げているのとは全く違うのだ。過去と決別し、新しい自分を新しい家族の中で形成する。

　私はどうかといえば、どんなに逃げても思い出の中を彷徨っている。生まれ変わろうとするよりも、いつまでも成長できずに無防備に甘えられる環境を求めている。大人になることよりも、弟とゲラゲラ笑っていた自分。それを失うまいと、フレックルスを抱き、ジムニーに乗り、輝く草原というこの世には無いものを求めていつまでも彷徨っているのだ。

　大人として成長することよりも、自分の中にあるピュアなものを失わないように生きている。その方が、思い出せない記憶の中にある楽園に辿り着ける気がしてならないのだ。

東京の大家さん

「ねぇ、橋岡さん。ボケないようにするにはどうすればいいかしら?」

　私の住む国分寺にあるアパートの大家さんは、家賃の領収書にサインをしながら笑みを浮かべてそう言った。印鑑を押す場所を間違えたのだ。照れ臭そうに笑っている。大家さんの家は私が住むアパートの真向かいにある大きな一軒家で、ご主人が何年か前に亡くなり一人でアパート経営を続けている。

　アパートの前の道路を挟んでイチョウの木が十本程植えてある駐車場には約八台の車が

停めてあり、ジムニーは一番端の倉庫の裏に置いてある。玄関からジムニーの姿が見えるようにと、倉庫からわざと少し後ろ半分がはみ出すような形で停めてあるので、私はいつもジムニーにただいまを言ってから部屋に入る。その駐車場の裏が大家さんの家だ。

毎月家賃は直接手渡しということになっている。銀行振り込みという方法を敢えて取らないのは、月に一度でも住人と顔を合わせる方が安心するからだろう。

およそ六ＬＤＫはあると思われる大きな一軒家に一人で暮らす寂しさは計り知れない。一階の居間と個室のみで生活をし、二階はガラ空きもしくは物置となっているのだろう。二階に灯りが付いているのを見たことがない。年齢はおそらく七十歳前後で、小柄で、顔立ちは整った可愛いおばあちゃん。最近わけのわからない吹き出物が沢山できてしまったらしく、顔中に白いクリームを塗っていた。掻き毟った跡が明らかにわかり、おでこから頬にかけて散らばる吹き出物からは血が滲んでいた。

「ボケ防止にはパソコンが良いと思いますよ。頭も指も使うから」

「それがね、歳だからくたびれちゃってね、私は弱虫だからすぐ風邪を引いて、最近あまりやっていないのよ」

家賃を払いに行った時である。

「橋岡さん、パソコンのことわかる？　なんだかね、私のパソコン壊れちゃったのよ、見てもらえないかしら？　こないだも調子がおかしくなって電気屋さんへ持って行ったんだけど、それから一週間しか経ってないからね、恥ずかしいじゃない。またあのおばさんこんな下らないことでわざわざ持ってきたと思われるじゃない。ちょっと見てくれないかしら。橋岡さんが見てもわからなかったら、恥ずかしいけれどまた電気屋さんへ持って行くわよ」

「私もそんなに詳しくないけれど、見てみましょうか」

広い家の中で唯一使用されていると思われる個室には、ベッドとストーブと机しかない。その机の上にノートパソコンとプリンターが置かれてあった。居間にはテレビと仏壇があったが、灯りは消されてありその奥にある個室だけに暖房が焚かれていた。

「デスクトップの設定がおかしくなっていましたよ。故障じゃありませんからこのまま気にせず使ってください。私、もう少し時間があるので何かわからないことがあれば聞いてください。わかる範囲内で教えますから」

「あら本当に？　ありがとう。私ね、旦那が亡くなってからね、一人で仏壇を世話してね。なんだか寂しくてがっくりきちゃって、うつ病になってずっと入院していたのよ。少しでも元気になろうと思ってパソコンを買っていじっているのよね。でもね、もう歳だからなかなか覚えないし続かないのよ、集中力が。すぐにくたびれちゃう。一人でパソコンをいじっていても寂しいだけよね。橋岡さんは若くていいわね。何でもできるじゃない」

「私も家で一人、パソコンをしていますよ。さほど変わらない生活だと思いますよ。ただ仕事をしているから家にいる時間は少ないというだけで」

「そうね、そうよね、私も元気出さなきゃね」

目にいっぱい涙を溜めて遠くを見つめながらそう言う大家さんは身体中から寂しさが溢れていたが、こんなひと時がとても楽しいといった様子で笑顔を浮かべている。

「橋岡さん、お仕事の無い時に、またパソコン教えてちょうだいね」

お礼と言っても何もあげるものがないのよ、と言いながら冷蔵庫からシラスの入ったビニール袋を私にくれた。そして私はそれから一週間毎日シラスご飯をお弁当に持って職場へ行った。その翌日、我が家の郵便ポストには手紙が入っていた。

「またパソコンを教えてもらえませんか?」

こないだのひと時がとても嬉しかったのだろう。私は休日になると大家さんの家に行こうかな、と思いながらもついつい行きそびれてしまう。家賃を払う以外に大家さんの家を訪ねたことが未だにない。心の中ではいつも気にしているが、まとまった時間を作るのが下手なのだろう。

私は毎日やることは沢山ある。仕事へ行けば尚更一日はあっという間に過ぎ、一週間もあっという間。そして気が付くと次の家賃の支払いの日が来るのだった。

今まで何度も引っ越しをしているが、わりと大家さんには恵まれている。すぐに仲良くなれる。富山県高岡市のアパートに住んでいた頃も大家さんからは可愛がられ、畑で採れた野菜をいつも分けてくれた。

「このきゅうり不細工やろ、でも味は美味しいから食べられ」

八王子にいた頃もそうだ。大家さんはまるで母親のように私のことをいつも気にかけてくれていて、頻繁に電話をくれた。

「橋岡さん元気？　たまに顔を見せてね。橋岡さんがいると心強いのよ。何でかしら。生きることに必死な人って大好きなの。橋岡さん、人懐っこいから皆から可愛がられるでしょ。知らない街で良くやっていると思うわ」

この大家さんは私に保証人無しでアパートを貸してくれた。ボロボロの一軒家の二階だった。一階には住人がいなかったので、私は一軒家に一人で暮らしていたようなものだった。古くて狭い家なので誰も借り手が見つからなかったらしい。浴槽はなくシャワーのみ。トイレも和式だったものを私が勝手に洋式に変えた。ふすまを取り除きアコーディオンカーテンを取り付け、小窓にはブラインドをかけた。外階段はとても急斜面で、酔っぱらって踏み外したら一巻の終わりだろうなといつも思っていた。転ぶことはなかったが、ヒールで昇り降りするにはかなりの危険性があった。玄関の鍵も壊れかけていて、ドアは強風ですぐに開いてしまうようなボロボロの造りだった。

八王子駅付近で保証人無しで借りられる物件はここしか無かった。二カ月のカプセルホテル生活の後、最初はスーツケースと布団しかなかったが、後に電化製品を買い揃え、室内も改造した。住み心地は良くなったが、職場が変わったためたった六カ月で国分寺へ引っ越ししたのだ。アパートの引き渡しの際、大家さんは涙を流していた。

「橋岡さんが八王子を出るなんて、なんだか八王子ももう終わりだっていう感じがするわね。仕事も家もないのに八王子に来て、天使みたいだったのよ。なんだかワクワクして、お金が貯まってこのアパートに入ってくれた時は本当に嬉しかった。こんなに早く出て行っちゃうなんてね。だけど、橋岡さんなら大丈夫よ。警備の仕事をするなんて考えられないわ。橋岡さん、逞しいわ。だから余計に寂しくなっちゃうのよ。もう行くわね。涙が止まらないの。橋岡さん、また会おうね」

早口の甲高い声でそう言い、自転車に乗って一目散に去って行った。秋の夕暮れはとても綺麗で少しひんやりとした風は余計に感傷的な気分にさせた。私は振り返らずにジムニーに乗った。私も涙を流していた。たった一人で東京へ来たけれど、色んな人との出会いがあり、色んな人が応援してくれて、色んな人に慕われて、私は今日も生きている。

「橋岡さん、春になったらお仕事が早く終わった時に一時間くらい家に寄ってくれないかしら？　私、またパソコンを頑張ろうと思うの」

「是非。宜しくお願いします」

本当はパソコンなんてどうでもいいのだろう。独り者の女同士、ぺちゃくちゃお喋りをするべきなのだ。お茶でもしながら一時間くらいお喋りをしよう。そうだ、札幌からお土産を買って来よう。『白い恋人』じゃつまらないかな。ラベンダーの香水だっていらないだろう。

「ねぇ、橋岡さん。ボケないようにするにはどうすればいいかしら？」

その言葉を思い出した。会話に花咲くものを見つけ、写真を見せ、お土産話と共に一時間くらいお邪魔をすることにしよう。お茶でもしながら一時間くらいお喋りをしよう。

壊れた時計

自分の思考と世の中の動きが全く噛み合わず、私は未だに迷い続けている。音は聞こえ、目に映るものを眺めながらも、自分一人が別次元にいるようだ。昔の映画のように、実はもう自分はこの世にはいないのに、自分が死んだということを知らずに現世を彷徨う。普段と同じように生活をしようとするが、少しずつ違いに気が付くのだ。

そして知る。自分はもうこの世には存在せず、誰にも見えない形で現世に再び舞い戻っただけなのだと。そして、もうじき行かなければならないということにも気が付く。今の私はそんな感覚である。

いや、もしくは意思の問題でもある。

例えば十人からプロポーズされるとする。その中から自分の意思で一人を選ぶ。そんな単純なことすら今の私にはできないような気がしてしまう。十人から、いつかお前を迎えに行くと言われるとする。私が待つのはたった一人なはずなのに、その一人が誰なのかわからない。これは完全に意思の問題だ。どこにいても、何をやっていても、誰といても、自分の意思というものが明らかに欠落している。腹が据わらず地に足もつかないのである。意思がなくなって行くというのか、自分のことがまるでわからなくなって行くというのか。

私はいつからこんな状態になってしまったのだろうか。きっかけというものがあるはずだ。あることをきっかけに自分の意思がぼやけ始め、何もわからなくなってしまったのだ。しかし、そのきっかけすら思い出せない。

最近は、わからないということが自分の中で多大なストレスとなり、自己嫌悪へと導く。本当は誰も私のことなど待ってはいないし、誰も私を必要としていない。それなのにまるで全ての人を待たせてしまっているような後ろめたい気分になったりする。本当は誰も待ってなどいないのではないかと寂しくなったり、この世に私の存在を必要としている人などいないのではないかと怖くなったり。全く気持ちが安定しないのだ。新しい仕事が決まれば変わるかもしれない。

昔、ある小説にこんなことが書かれていた。何もわからなくなってしまい、苦しんでも何も答えは出ないのだが、長い年月をかけてわかったことが一つだけあると。

それは、自分という存在はとっくに壊れた時計なのだということだ。

わからなくなってしまったという意識よりも、とうの昔からとっくに壊れていたのだ。壊れてしまった時計は、どんなに電池を変え、どんなに秒針を合わせても、また狂う。時計の持ち主は、やがてこの時計は壊れているのだということに気が付き、もう秒針を合わせたりしない。使用することをやめ、放って置く。しかし、時計自身はその事実がなかなかわからない。一生懸命、一秒一秒針を動かそうとしても狂ってしまう。電池が入っている限り、どんなに狂っても動いてしまう。その電池は、私の中にある心臓と同じような気がする。とっくに壊れているのに、心臓が動き続ける限りどんなに狂っても動いてしまう。壊れているとわかっていても動き続けるのだ。

壊れた時計が、自分で電池を外せないのと一緒で、壊れた私が自分自身で心臓を止めることはできない。

電池を外すという意思を持った者が時計の持ち主だとしたら、私の心臓を止めるのは大いなる意思を持った運命というものに他ならない。

そうだ。壊れた時計を救うことができる手段は修理だ。

私も自分を修理すればいいのだ。ではどうやって。もしかしたら、私は東京まで修理のために来たのだろうか。

修理。私にとってどんなことが修理に繋がるのだろうか。

「蓮ちゃん今は壊れているけれど、ちゃんと修理すれば治りますからね。そのためにはここでこういうことをするととても効果的なのですよ。だからまずはこれをやってみなさいね。そしたらちゃんと元に戻りますからね」

そういうことを誰かが優しく言ってくれたらどんなに楽だろうか。

BREAK THROUGH

果てしない喪失感の中で決してやってはいけないことは、この喪失感の中から抜け出すのを諦めてしまうことだ。立ち直り、前を向き、堂々と歩けるようになった自分をイメージすることが大切だ。その姿は大きければ大きい程いい。かつて大きな穴に落ち、果てしない喪失感に襲われた時、私はイマジネーションによって救われて来た。ノートには完全復活した自分のイメージを書き綴り、そのような姿に少しでも近づける努力をする。何冊も本を読み、何冊ものノートに自分を励ます文章を書き、金を使ってでも自分を磨く。

この場合、金をケチってはいけない。自己投資は決して無駄にはならない。何もしないでそこから抜け出せるほど、その穴は浅くない。そして、必ず這い上がれると信じ続けることだ。

一種のトレーニングと似ているかもしれない。自分は必ずできるようになるのだと思い込まなければ上達しないのと同じだ。必ず光は差し込み、新しい自分になれるのだと信じるしかない。

こういう時、誰かに相談するかどうか。

もちろん、相談しないわけはない。だが、誰かが救ってくれるものでもない。そこから這い上がるには自分自身を鍛える以外に方法はないのだ。

喪失感というものは、前が見えない霧のようなものだ。思考能力も低下する。這い上がろうという意思が存在するうちは喪失感とも言えないかもしれない。

しかし、少しずつ霧が晴れてきた時に、今まであまりにも全てがぼやけていたのは喪失感のせいだったということに気が付く。気が付いたら、そこから抜け出そうという意思が生まれる。霧の中にいるうちは、何もかもがわからない。何もわからないというのはとてつもなく寂しいことだ。

自分が誰なのか、自分がどこにいるのか。誰を愛し、誰に愛されているのか。どこへ行こうとしていて、何を求めているのか何もわからないのだ。心臓が動き、息はしてはいるけれども生きている実感がない。

全てが目の前で起こっているけれども、夢の中で見ているような曖昧さがある。胃の中に何か重たいものを放り込んでしまったようなずっしりとした嫌悪感だけを抱えて、日々を過ごす。それはあまりにも寂しいことだ。

街を歩いていると人々が普通に生きている。その姿がどんなに自分を傷付けるかということは、喪失感の中にいる人々にしかわからないことかもしれない。街を歩くということは、時に逃避になる。人混みの中に身を投じることで、自分を無とすることができたりする。

人がいる空間で読書をするというのも一つの逃避だ。自分だけの世界を作ることができる。そして一人で部屋にいて読書をするよりも、大勢の中で読書をする方が圧倒的に集中できたりする。それは心のどこかに逃避願望が隠されてのことではないだろうか。電車の中、会社の休憩室、喫茶店、人がいる空間で自分だけの空間を作ろうとする時には読書は最適だ。

本を閉じ、また街を歩き始める。その瞬間、自分と他者のギャップに気が付くことがある。

どうして皆、あまりにも普通に生きているのだろうか。

いや、単にそう見えるだけなのだが、そう見えてしまうのは喪失感の中にいる疎外感から来るものだ。そして、一人部屋へ帰ると、ふーっとため息が出たりする。

そんな日々を送りながら考えることがある。

私の場合は何のしがらみもなく、どこまでも自由というものを与えられているが、心は全くと言っていい程自由とはかけ離れている。

臆病者で、人の顔色を気にする。言葉一つ発するにもびくびくしながら、いちいち頭を使って話をする。そんな殻を破りたいから突拍子もない行動に出たり、敢えて腹の中にあることをズバッと言ってしまったりする。そして、またびくびくする。本当にこれを言ってしまって良かったのだろうか。いや、確かにここでは誰かがハッキリと言うべきだったのだ。だから私の発言はきっと間違っていなかっただろう、という確認作業に入る。しかし、私は全く気にしていませんよという態度を取る。何も考えず、腹の中にあることをズバッと言って、後には引きませんよという振りをしているだけだ。本当は、考えて、考えて、恐る恐る発言し、時に自己嫌悪に陥ったりしているというのに。

好きな人に対して、好きと言えないのも一つだ。会いたくても会いたいと言えない。あんまり言うとうざいと思われるのではないだろうか。勘違い女だと思われても困るから様子を見てからにしよう。そんなことばかり考えてびくびくしながら相手の顔色を窺《うかが》ったりしている。嫌われるのが怖いからだ。しまいにはそんな自分に疲れてしまって、なんとなく自分から遠ざかってしまうこともある。

一体私のどこが自由なのかと思ったりもする。行動に制限がないというだけで、全く自由に生きていない気がする。もっと楽に生きる方法が必ずあるはずなのに。

つまり精神的に自由に生きている人への果てしない憧れがある。それは人に対して無神経に生きている人という意味ではない。堂々と、臆することなく、伸び伸びと生きている人のことを指す。そんな憧れから、私はロックを聴くようになったのだ。ジムモリソンが大好きで、あんな風になれたらどんなにいいだろうかと気の弱い私はいつも思っていた。時にジムモリソンのように自由奔放に振舞ってみたりする。しかし、何をするにも勇気を振り絞らなければならない。それは、本当の意味での自由ではないということに気が付いたのだ。

信頼関係においても同じことが言える。この人のことを頑張って信頼しよう、というのは本当の意味での信頼ではない。この人のことを好きになろうと努力するのは、本当の意味で好きだとは言えない。誰が何と言おうが疑いの心など持てないし、私はこの人が好きだと言える意志の強さに対して、素直に身を任せればいいのだ。

信じて裏切られることについても本来は怖いというのが当然だが、最近は怖いと思わなくなった。信頼が崩壊した時、明らかに喪失感に包まれる。しかし何故信じたかと考えると、どうしても疑うことができなかったからだ。

信頼していた人に何かのきっかけで裏切られたとしても、それも自然の流れなのではないだろうか。そこに喪失感がないといえば嘘になる。しかしその喪失感が怖いか、と聞かれれば怖くないと答える。

そう考えると心がとても楽になり、目の前に広がる世界が少しばかり開けて風が吹き抜ける。

疑いの心を持たずに信じるのは馬鹿だとされることについて長い間考えたが、それでいいんだと思った。自分と世間のギャップというものに直面すると喪失感に苛まれ、途方に暮れてしまい、この世の中で生きて行くことにさえ希望を見出せなくなってしまうのだが、ひたすら考えてある地点に到達した時にあるものがある。

それは風と光であって、自分の心の中にしかないのだ。

チャールズ・ブコウスキーに救われる

三十歳を過ぎても転職ばかりしていて、一向に収入は上がらない。酒や煙草を買うのも自由に行かず、家賃を払うために日銭を稼ぐ。何の運も感じずに街を歩いていても、何のきっかけも見つけられそうもない。そんな私はやけくそになり落ち込んでばかり。

もし大学へでも行って、そのまま就職して、退屈だろうがなんだろうがその会社でこの歳になるまで過ごしていたとする。するといい加減そろそろ役職のようなものに就けたりして、収入は上がり、ある程度安定した生活を過ごしていることだろう。そうは思うが、そのような生活にあまり魅力を感じないからこんな生活を送る羽目になっている。つまり、これが数々の決断の上に成り立った現実なのだ。

それにしても、もう少し器用に、賢く、なんとかならなかったものだろうか。我慢が足りなかったのだろう。妥協ができなかったのだろう。抑えが効かなかったのだろう。現実を見ないで夢ばかり見ていたのだろう。一つのことをできないのに、十のことをできるような気がしていたのだろう。社会の外れ者なのだろう。そうやって自分を責めてばかりいて、むしゃくしゃして、本ばかり読んでいるのだ。

社会を見渡せばサイボーグのような人間達が目に入る。しかしそこには何の疑問も感じない人間達があまりにも多く、全てのことが当たり前として毎日地球は回っている。そのことに対して疑問を感じれば感じる程、人々と自分との距離は広がる一方。けれども唯一そんな自分を慰めてくれるものが読書というわけだ。

だから私は本ばかり読んでいる。

つまらない本、下らない本もあるが、これだと思う本にめぐり会えた時の達成感は半端ではない。下を向いていた気持ちが開き直りに変わるのだ。そして、大きいことを言い出す。本当は何が間違っていて、何が正しいかというようなことを語り出し、自信が蘇ったりする。社会の人々に対して怒りを抱くことだってできるようになる。その時、自分を責める気持ちはなくなっている。

世の中の人間を九対一に分けるとしたら、その一割の中に自分がいる。理解者は少ないが、決して間違ってはいないのだとまで強気になれる。三十歳を過ぎたばかりで、人生を嘆いている自分がいかに阿呆らしいかと考えることもできる。これからどうなるかなんて全くわからないではないか。何もしないことが悪いのではなく、諦めるということが最も悪いことなのだ。

そういう風に、私の気持ちを変えてくれたのは、チャールズ・ブコウスキーである。酒と女とギャンブルが大好きで、作家を夢みながら転職ばかりする。しかし、五十歳になって開花するのだ。

某有名大学の文学部を卒業し、出版関係の仕事に就き、若くして文壇にデビューし、多くの長編小説を手掛ける作家よりも、日雇い労働者を転々としてきたチャールズ・ブコウスキーの方が私には夢を与えてくれる。真面目になんて生きていなくたっていい。とにかく一番やってはいけないのは諦めることだ。

百円玉の行方

そもそも図書館という所へ行く行為そのものが嫌いだった。読書が大好きなのに図書館へ行くのが嫌いな理由として、年寄り臭いからだ。平日仕事が休みの時に昼間から図書館へ行くといかにも定年退職した人達が教養のため、趣味のため、と退屈な時間を過ごす場所として利用している空気がいっぱい。まるで自分までもが現役を退いたような気分になってしまう。

だからいつも私は古本屋へ行く。金が無いから古本屋へ行くというのもあるが、新刊ばかり揃えている書店には私が探している本があまり置いていない。古本屋へ行けば全てが置いてあるかといえば、そうとも限らない。それにしても一冊百円程度で買えるのだから、古本屋というのは実にありがたい存在だ。

しかし悲しいことにその百円が無くて、古本屋へも行けないことがある。

百円玉を見ながら考える。この百円で古本屋へ行って本を買おうか。いや、まだ読んでいない本が確か家の棚にあるからそれを先に読んでしまって、古本屋へ行くのはまた今度にしようか。でもこの本は今読みたい気分ではない。やはり一日一本くらいビールが飲みたい。仕事をして疲れて帰って来て、ビールも飲めずにつまらない本を読んでいるなんて死んだ方がましだ。せめて少しでも生きている実感を味わいたいから、この百円玉で発泡酒を買うことにしよう。よし、この百円玉を持って、近所のスーパーで発泡酒を買って、今日は本を買うのを諦めることにしよう。

そして、百円玉は消える。

それにしても、仕事後の楽しみは酒を飲みながら本を読むことだ。酒か、本か、どっちか選べというのはあまりにも残酷なことのように感じてしまう。煙草だってなけなしの金で買っている。煙草ぐらい何も気にせずに吸わせて欲しいが、ちまちま吸っている。あーまた一本減ってしまった、また一本減ってしまった。今日は吸い過ぎたかな、いやそうでもないが、また明日煙草を買わなきゃいけないな。煙草を止めたらビール代くらいはなんとかなるな。だけどそう簡単に止められるものではない。煙草代は仕方ないにしても、やっぱり一日一本くらいビールが飲みたいよな。そんなことを考えていると、侘しくて泣きたくなってくる。毎日飲み歩きたいとも言っていないし、高い服が買いたいわけでもない。豪華な食事がしたいわけでもないし、高いワインが飲みたいわけでもない。ビールが飲みたくても百円の発泡酒で我慢をしているし、好きな本だって古本屋の百円コーナーから探している。それなのにたった百円を使ってしまうだけで、こんなにも自分が悪いことをしているような気分にさえなってしまうのだ。節約というのは恐ろしく、まるで強迫だ。

今まで自由に生きてきた男の人が結婚してからお小遣い制になった時の心境が少しわかるような気がした。

そこで、私が思い付いたのが図書館だ。全く乗り気ではなかったが、貧乏人なので仕方がない。天気のいい平日の午後に図書館へ行くなんて物凄く嫌だったが、仕方がない。散歩がてら図書館へ行く。まるで退屈な老人のやることだ。吐き気がしそうだ。誰にも見られたくない。でも仕方がない。

しかし、行ってみるとこんなに便利な場所はないという気持ちに変わってしまった。先ずは、タダということだ。免許証を見せてこの街に住んでいるという証明をするだけで、タダで本を貸してくれる。そして、読みたい本が無ければ取り寄せてくれるのだ。先日読みたい本がどの古本屋にもないのでＡｍａｚｏｎで買おうと検索してみると、あまりの値段の高さに諦めた。それが図書館には意外とあるものだ。尚且つ無ければ取り寄せまでしてくれて、貸出期間は二週間ということだ。これを利用しない手はない。

私は大満足で帰ってきたのだが、やはりなんとなく年寄りの仲間入りをしているような複雑な違和感は消えなかった。たぶん、街の中にある大きな図書館となるとまた空気が違うのだろう。田舎の近所の小さな図書館だから尚更、年寄り臭さが満載なのだろう。それにしても、絶対に書店には無いような昔の作家の全集などが置いてあると、本当に嬉しくなる。会社なんて行かずに、毎日本を読んでいることができたらどんなにいいだろうか。

図書館に通い始めて数カ月が経った。ある日の図書館からの帰り道、私はこう思った。もし、人生をやり直すことができたら大学の文学部へ行こう。そして古典や歴史、更に日本語を勉強しよう。しかし、そう思った瞬間に背筋がゾッとした。母親が文学部を卒業しているからだ。私は母親を反面教師として生きてきた。彼女のようにはなりたくなかったのに同じ道を歩みたいと思っていることに気が付き身体が震えた。そしてどうしようもない寂しさが突然私に襲いかかってきた。

どんなに逃げても寂しさという影が付きまとっている。何処かへ逃げようとしても逃げられない恐ろしい感覚。それでも私はどこまでも逃げようとしている。

寂しさという言葉のない世界へ。

退屈の中に見える希望

私の家系、両親、祖父母達、殆どが癌を経験している。父方と母方の祖父は、二人とも数年前に亡くなった。父方の祖父は肝臓癌で、母方の祖父は膵臓癌で亡くなった。母方の祖母は私がまだ子供の頃、心不全で亡くなったが精神病を患っていた。睡眠障害になり、何度も入退院を繰り返した末、静かに眠ったのだ。父方の祖母は二度乳癌を患った。父親も胃癌、母親も乳癌になっている。

きっと私もいずれ癌になるのだろうと思っていたが、まさかこんなに若くして癌になるとは思ってもみなかった。癌というのは生活習慣病とも言われるが、早くても五十歳を過ぎてからなるものだと思っていた。

私はまだ三十代だ。

もちろん身体に悪いとされることばかりしてきたかもしれないが、早過ぎるのではないだろうか。発見されたのはつい最近だ。生理不順であまりにも身体がだるく、今月もなかなか生理が来なかったから産婦人科へ行ってみたのだ。そしてついでのような感じで検査をしたところ、一週間後に通知が来た。即病院へ来るようにとのことだったのでハラハラしながら行ってきた。

手術内容の話をし始める先生を見ていても、実感が湧くわけもない。しかし、どうやら本当のようだ。

通知が来た日(正確には届いていた通知の中身を読んだ夜)、私は日本代表のサッカーの試合をテレビで観戦していた。車の中でその通知を見たのだが、軽いギャグのようだった。何の真実味もなく何事もなかったように私は公園へ行き、帰ってきてからもお笑い番組を見て大爆笑していたのだが、急にふと我に返り大泣きし始めたのだ。

何一つ成し遂げていない私が死を迎えるなんてことはまるで理解できないことであった。しかしこれが運命だとしたら、大急ぎで何かをしなければならないと思いながらも、どうしていいのかわからない。先ずは大切な人々に会いに行こうと考えた。もっと皆と色んなことがしたかったと未練がタラタラ湧いてきて、涙は止まらなかったが泣き疲れて少し眠った。夜じゅう泣き続けたのと少々酒が残っていたせいもあり胃がムカムカしていたが、朝一で病院へ行ったのだ。

そして、やはり自覚した。そうか、癌になったかと。

自覚という言葉はおそらく適していない。日が経てば経つほど死という意識を抱かなくなり、自分のことなのだが他人事のように知識だけを身に付けようとしていた。煙草をやめなければならないのに、これもまた他人事のように頭の片隅で誰かが「やめなさいよ」と言っているだけに過ぎなかった。

何かが自分の中で誤魔化されている。それは仕事だったり日常だったり知識だったりする。

なんだか他人事のように楽観的で、恐怖とか悲しみとかそういうものがイマイチ湧き起こってこないのだが、何気ない瞬間に思い出すのだ。

例えば、仕事に少し慣れてきて気持ちも軽くなってきて、なんだかこれからしばらくはなんとかなりそうだな、と思いながら駅の階段を足取り軽く降りている自分に気が付く。

あれ？　私、なんだか今日は元気だな、あまり疲労が残っていないな、と思いながら駅のホームで地下鉄を待っている時。あ、元気じゃなかった、癌になったのだったと思い出し、カッターみたいなものでチクっと心臓を突かれたりするのだった。

何が辛いって、私にとっては煙草を止めることが一番辛い。まだ止めていないので本当の苦しみなんてものはもちろんわかるわけもないが……。

何事もどん底に手をタッチした後というのは、上向きになるしかない。絶不調期のとどめが癌の手術で、それから後のことは必然的に上を向いてくれるだろう、という希望のようなものが私の中にあることは確かだ。

本を読んでいても、もっと沢山読みたいと思うようになった。ピアノが弾きたい、旅行へ行きたい、色んな人に出会いたい、一人でも多くの友達が欲しい、もっと色んな音楽が聴きたい、そんなことを常々思うようになった。

何故だか、人生に対して非常に欲張りになったみたいだ。これを意欲というのだろうか。たまに自分を笑ってしまうことがある。結局何も見つけられなかったが、ずっと真剣に人生のパートナーを探していたし、一生の仕事というものを探していた。そして自分が腰を据えて過ごせる街を探していた。

何もみつからないまま三十代になって、焦りもある。今までの生き方に対して自己嫌悪もあるが、怠けていたわけではない。身体にいいことを進んでやるタイプではないが、馬鹿にされてもいい。鼻で笑われたとしても、私としては私なりに真剣に自分の人生というものに対して向き合ってきたのだ。それなのに、こんなところで自分の人生が何の意味もなく消えて行くと考えると、生きるとはなんて無意味なことなのだろうかとさえ感じてしまうのだ。

しかし、手術が無事に終わり、病気を克服したら、これからも長い人生が続く。結果的にはこの歳でこのような経験ができるということは、きっと私にとって絶大な財産となるだろう。

癌になったにもかかわらず、私は街を歩く度に嘆いていた。なんて退屈なのだろうかと。それは札幌にいても富山にいても東京にいても同じだった。物凄くいい小説を読んだ時の達成感と満足感。そういうものをどうして街に感じることができないのだろうか。

「よし、さらに別の作品を読んでみよう」

そのような期待感をもっと日常の中に抱けないものだろうか。

そりゃあそうかもしれない。人に使われ、限られた領域の中で生きていれば窮屈さを感じるのは当然かもしれない。しかし、一日中家にいて外の空気が吸いたくなるような気分を、街を歩きながら感じる。日本中どこへ行っても退屈なのだ。空気が美味しかったり、景色が鮮やかなのは一瞬だ。

恋愛とも似ているのかもしれない。すぐに飽きてしまう。こんなことを言っている私は何様なんだと自分で恥ずかしくなるが、これは事実なのだ。世の中を知りもしないくせにこんなものかと興ざめしてしまう自分がいる。恐らく私は街に恋をしたいのだろう。飽くなき好奇心を掻き立ててくれるような生活を夢見ているのだろう。日々が探検であり、それがいつか安堵へ変わっていくような、そんなものを街に対しても求めている。

こんなことを考えながら、また思い出すのだ。

あ、そういえば私は癌になったのだ、と。

もう終わるというものに対してはどこまでも貪欲になることができる。やってはいけませんよ、と言われれば言われるほど、やりたくて仕方がないものだ。

そう考えると癌になったというのは、退屈だ、退屈だとほざいている私に対しての起爆剤だったのかもしれない。それにしてもこの仕打ちは少し厳しすぎるのではないだろうか。神様に対してそう思う。しかしもしかしたらこのくらいが丁度良かったのかもしれない。

最近、テレビでも話題になっているが、若い女性には子宮頸癌が多いのだそうだ。これまでの人生を振り返ると、この程度で良かったと思うことしかできない。ましてや早期発見というものは、きっと神様からのプレゼントだったと思う。

それにしても、人生というものはめまぐるしく展開して行く。にもかかわらず、癌になって初めて気が付いた。どうしてこんなに退屈なのかと。

第2章
富山

再び富山へ

結局私は再び富山に舞い戻った。富山に来るのは二年振りのことだった。

東京では色々あって、富山で子宮頸癌の手術を受けることに決めた。

私には、癌の手術を受ける際に必要な同意書に署名してくれる人が東京にはいなかった。署名を頼んだ人と頼んでいない人がいる。何故かというと、頼んで断られるのが怖いと思った人には頼まなかったからだ。私にとって友情とは、相手が困った時は助けに行くが、自分が困った時は相手を頼らないというポリシーがあった。故に同意書にサインしてくれる人を探すのに大変苦労した。

また、癌が発覚して一人東京で暮らして行ける自信がなかったのと、富山に来れば知っている街だし何とかなるだろうと思ったのだ。

しかしなぜか私は富山に来ても一人だった。

親友だった中森さんともいつしか疎遠になっていたし、結局のところ東京に一人でいるのとあまり変わらない状況だった。

富山に来た私は、早急に仕事を見つけなければならなかった。

手術代も無いのだ。派遣会社に電話をし、面接の末明日からでも働ける職場を探していると言って紹介されたのがゴミ処理場だった。夜勤専属の日雇いのアルバイトだ。夕方十七時半から翌朝三時までで、プラスチックゴミの分別作業をしている会社だ。

ベルトコンベアに一般家庭のプラスチックゴミが流れてきて、それを分別するのだが、流れが速い。ましてや久々の肉体労働なので身体中が筋肉痛でパンパンになった。何度も泣きそうになったが、やるしかない。金のためでもあるが、それだけではない。ピンチの時こそ、目の前に差し出された仕事を文句も言わずにやらなければならない。

時給は千円と聞いていたのに、実際は九百円。しかし、これもまた文句を言っている暇もない。とにかく、やるしかない。やって慣れるしかない。私はこの仕事をしながら、考えた。

これは私に与えられた試練だと。

しかし、私の目標は一つ。これを乗り越えればまた輝く草原に一歩近づくことができる。運命の分かれ道。ここで断念するか、乗り越えるか。ここで負けたら全ては水の泡になってしまうではないか。そう考えたら文句など出るはずもない。

黙々と、ひたすらやるしかない。稼がなければ何も始まらない。お金が無くても幸せだが、最低限の生活費があっての話だ。手術代だってない。時給が安かろうがなんだろうが、やるしかない。

それでも、やはり何度も泣きそうになった。

世の中は上手くできていて、一人でいる時には一人で乗り越えられる困難しか現れない。一人じゃなくなったら、二人で乗り越えられるという更なる困難が待ち受けている。私の目の前の困難。それは明らかに自分が頑張れば乗り越えられるものだ。そんな確信が私にはあった。

それにしても辛いことには変わりはない。しかし、無理かと言われれば、無理ではない。そういうことだ。ただ、私はもうそろそろ限界を感じていた。こうして目の前に差し出された仕事はやるけれども、何もかも一人で乗り越えようという気持ちも徐々に薄れて行った。

かといって、人間はどんなに孤独でも生きて行かなくてはならない。これからも困難は立ちはだかるし、想像を絶するような傷を負うこともあるだろう。

歩き続けた先に辿り着く輝く草原に誰もいなくても構わないと自分を奮起させてここまで来たけれども、歩き続けた先に待っている輝く草原には、私の人生のパートナーがちゃんと待っていてくれることしか望まない。

その人に求めるものは、信頼と溢れんばかりの優しさ。それは私が無防備でいられるということだ。

この世の中には絶望しながらも、希望は失っていない。その希望というものを隣で手を繋いで一緒に信じてくれる人と私は輝く草原で一緒に暮らしたい。ひっそり細々と、誰にも邪魔されないで、穏やかに日常を送りたい。

その想いが強ければ強い程、何度倒れても前に進むことができる。

輝く草原で待っている人には、こう言って欲しい。

来るのが遅かったね、お疲れ様。ではなく、遅くなってごめんね。

工場にいる天使達

たぶんこれは、一人の女が人生のパートナーを見つけるまでの単なる一つの物語の一部なのだと思う。色んなことを整理して考えると、女というものは所詮女でしかない、ということを実感する。

私の夢なんてものは、いわゆる一種の遊びでしかない。独立したいなんていうものは、ただ単に会社勤めが嫌なだけ。自分のお店を持ちたいというのは、ただ単におままごとの延長。海外に行きたいというのは、探検目的でしかない。海外に行って何かのビジネスなどということは一つも考えていない。私がお店なんて持てるわけがない。毎日売上を計算し、仕込みをし、ライバル店と競うなんてことが性に合っているわけがない。独立なんて以ての外だ。できるわけがない。私にできることなんて、何にもない。本当はビジネスなんてものに、全く興味がない。社会にも世界にも興味がない。

今まで、阿呆面下げて、夢とやらを語っている私の話を真剣に聞いてくれた人には本当に申し訳ない。

先日、焼き肉屋で会社の飲み会があったのだが、いかに自分がいい加減な人間かということがよくわかった。皆が真剣に仕事の話をしているのに、私はポカンとしていた。

私が求めているものは至って単純で、気が向いたら綺麗な海を見ること。のどかな田園風景を見ること。大好きな読書をすること。美味しいものを食べること。そして、おままごとのように料理を作り、部屋を片付け、仕事をして、誰かと恋をして、旅に出る。それが全てなのだと思った。

社会的な責任を背負うような人間じゃない。のらりくらり、気の向くままに生きていることが私にとって最高の幸せなのではないかと今更気が付いた。

本当にごめんなさい。

偉そうに、生意気に、あーだのこーだの言ってきた。しかし私が求めているものというのは、いつまでもそのままでいてもいいよ、と言ってくれる環境だ。

仕事だの自立だの言っているのはこういうことだ。何も考えずに好きな時に好きなものを食べ、好きな時に好きなものを買い、好きな時に好きなことができる余裕と金が必要で、誰かから文句を言われないために自分で稼ぐというだけのことだったのだ。たぶん、私にはあれこれ指図する人ではなく、ただ一緒にいるだけで心強いと言ってくれる人が必要なのだ。

お前は何も考えなくていいけれども、いつも隣にいてくれたらそれだけで俺は社会で頑張れる。そういうことを心の底から思ってくれる人。つまり、心の底から私の存在を信頼してくれる人が私には必要なのだ。小難しいことは私が考えることではない。私はあくまで自分の考えたいことを考える。それは至って脳天気な悩みなのだ。

今日はどこのコンビニに寄ろうか。今日は何をつまみにビールを飲もうか。ＢＧＭは何にしようか。次のデートではどの服を着ようか。そろそろ髪の根元が伸びて来たけれどもいつカラーリングをしようか。洗濯物はいつ畳もうか。あのファーストフード店の後ろにあるラブホテルのネオンがどうも芸術的なので一枚写真を撮ってみたい。この時間ならコンビニの焼き鳥はもう売り切れているのではないか。

そういう下らないことで頭の中は埋め尽くされている。

先日買ったワンピースは脚が綺麗に見えると思って買ったけれども、少し丈が短いかな。先日買ったスピーカーは安かったのでサウンドがイマイチだ。大きなスピーカーを買おうかな。

私が考えていることは所詮その程度のことだ。

アルバイト先の工場のゴミが、ライトに反射してキラキラ光っていた。溶接をしているブースから炎が見えて、私は感動した。なんて美しいのだろう。

休憩中、煙草を吸いに喫煙所へ向かう途中、窓の向こうの駐車場にはジムニーが停まっている。

「ジムニーさんこんにちは。もうちょっと待っててね」

煙草を吸いながら静かに働く人々を眺めては、なんて健気で美しいのだろうかと思って感動する。天狗になっている奴なんて一人もいない。静かに、フォークリフトを運転している。静かに、伝票をチェックしている。

これを美しいと言わず、一体何を美しいと言うのだろうか。

華やかな世界にいる人々は、はっきり言って汚れていた。人々が出したゴミを丁寧に静かに分別している人々の方がどれだけ美しいことか。

私はこの工場で、誰もが嫌がる仕事を静かにしていることに安堵を覚えた。

空は曇っていて、今日は月も星も見えなかった。

しかし、焼却炉からはキラキラと粉が舞っていて、まるで輝く草原の手前で私を迎え入れてくれる天使達のように見えた。切粉がキラキラと舞う中、フォークリフトは静かに動いている。

煙草を吸いながらそれらを眺めていたら、ここにいてもいいよ、という天使達の囁きが聞こえてきた。

もう帰らなくていいよ、そう言ってくれたような気がした。

しばらくここにいたら、そのうち朝が来る。それまではここにいてもいいよ、そう言ってくれたような気がしたのだ。私が輝く草原へ行くのではなく、ここでしばらく待っていれば向こうから私を迎えに来てくれるような、そんな気がしたのだ。

岩瀬海岸

夕方十七時の岩瀬海岸。私は十六時頃自宅を出て、八号線をひたすら真直ぐ走る。ジミヘンをガンガン鳴らして、猛暑の中冷房の効かないジムニーで走る。運転席にはドアーズのステッカーが貼ってある。ジムモリソンの写真が運転席の前に貼ってあって、後部の窓にはヴェルヴェットアンダーグラウンドの有名なバナナが貼ってある。その下にはボブマーリーが貼ってある。

十七時十分頃、まだ会社に行くのも早いので、岩瀬海岸へ寄る。波の音を聞き、どこまでも続く地平線を見ながら煙草を吸う。考えることは特にない。海のダイナミックさに圧倒されて、満足してから仕事をしたいだけだ。十七時で仕事を終えた人々、犬の散歩をする人々、近所の人々がまばらに見える。

仕事終わりの人は一日の疲れを癒しに海を見に来る。私はこれから始まる夜勤の活力のために海を見に来る。本当はいつまでもこの海を眺めていたい。本当はビールなんか飲みたかったりする。しかし、これから仕事なので名残惜しんで海岸を去る。明日の夕方、仕事前にまたこの海岸を訪れよう。そういう気分になるのだ。

会社に到着するのは十七時二十五分。

トイレに行って、支度をして、十七時二十九分に支度が終わり、それと同時に始業の鐘が鳴る。厳密に言えば、全く遅刻ではない。皆は半分呆れている。それでも今日も来てくれてありがとう、という無言の優しさが表情から感じ取れる。


私はたまに、自分を凄いと思うことがある。肉体労働十日目にして筋肉痛を突破し、身体が慣れて、俊敏な動きができるようになったのだ。長年、身体を鍛えてきたので基礎体力はあると思う。腹筋、背筋、集中力、これだけ揃えば大抵のことはなんとかこなせる。

肉体労働だって、スポーツだって、音楽だって、結局基本は同じなのだ。初めてドラムを叩いた人は筋肉痛になるし、初めてギターを持った人は重たいと感じるだろう。それと一緒で、慣れなのだ。腹筋と背筋がしっかりしていれば、一時的な身体の痛みはすぐに解消される。だから私はもう何年も、毎朝腹筋と背筋を鍛えてから会社へ行く。

筋肉と体力が全ての基本だからだ。

とにかく私は筋肉痛を突破した。周りの皆はとても良い人ばかりで、この穏やかな工場が私はすっかり気に入った。十人程しかいない小さな工場で、誰の目に留まることもなく、ひっそりと汗を流すことにのめり込んでいた。周りの皆は、たった一日で私が辞めると思っていたらしい。続く人はなかなかいないそうだ。しかし、今日も来てくれたという皆の喜びが溢れた笑顔のお陰でついに私は筋肉痛を突破した。

仕事後に、皆が洗い場で手を洗っている時に、私は隣にいた人に話しかけた。

「私、慣れてきました」

「やるねぇ」

反対側の隣の人にも話しかけた。

「私、慣れてきました」

「いやー、まだまだっすよ。一カ月は頑張らなきゃ駄目ですよ」

ゴム手袋を干しながら、また話しかけた。

「私、慣れてきました」

「若いねー」

なんだか皆とも仲良くなってきて、身体も辛くなくなってきたし、私頑張れる。そういう時に限って、美味しい話が舞い込んでくるのだ。何もかも良い条件を持ってきて、誘ってくる人がいるのだ。

「面接してみてくださいよ、橋岡さんなら大丈夫ですから」

「ありがとうございます。火曜日、十五時ですね。了解しました」

とは言ったものの、私は自宅に着くまでジムニーで八号線を走りながら考えた。この時ばかりは音楽もミュートにして考えた。

ちょっと待てと。

じゃあ、俳優さんみたいな独身の男が現れて、お前のことを愛している、ハワイにお家を買ってあげるから結婚しようと言われて目の前にいる彼氏を捨てるのか?

道を歩いていたらダンボールに捨てられた仔犬を拾った。この仔犬を放っておけないと思って連れて帰ろうとしている時に、ペットショップから電話が来た。血統書付きの犬をタダであげるからもらってくださいと言われたからといって、目の前の仔犬を置き去りにするのか?

条件が良いからそちらに移る、というのはあまりにも軽薄な気がして納得が行かない。条件で選んだものは失敗する。仕事も同じような気がする。

当初聞いていた条件よりも、実際は百円時給が安い。それでもいいやと思って目の前に差し出された仕事をがむしゃらにやってきた。その結果、周りの人とも仲良くなって、身体も慣れてきて、もう少しここにいたいと思ったのだ。給料にしたら、毎月十万円ぐらいの差がある。

それでもだ。

終わりには、時期というものがある。

一つの恋愛においてもそうだ。やはり行くところまで行って初めて別れようかという話になる。それが早いか遅いかだけの話であって、仕事も一緒のような気がする。一年で達成感を味わえる仕事もあれば、五年でそれを得る場合もある。逆に、一カ月でもういいやという場合もある。

屁理屈は抜きに、毎日仕事前に岩瀬海岸へ行き、海を見て、夜中の八号線で考えごとをしながらジムニーで走り、家に帰ってビールを飲むという生活をもう少し味わいたい。そして、ここの環境にいる仲間達ともっと仲良くなって、また一緒に酒など飲んでみたい。

好条件で誘ってくれた人には申し訳ないが、断ることにしよう。

好条件に乗せられて就職して、ゼネコンの社長なんかにチヤホヤされていい気になっていたら、その辺にいる人と何ら変わりはなくなってしまう。

私は、私。

日雇いのアルバイトなんてしてないで、ちゃんとした会社の正社員になって欲しいという人が周りに沢山いたとしても、私には私の生き方ややり方がある。この仕事を頑張ることで、もっとでっかいものをゲットできるかもしれないと考える。それを狙っているのだ。

目先ではない。先を見通した時、今は何をしたらいいかということを考えたのだ。ひたすら考えごとをしながら運転していたその結果。

私は車にキーを差したまま手動で完全にロックしてしまい、土砂降りの中、四時間も車にも家にも入ることができなかった。

夜中に帰ってきたので、ガソリンスタンドもやっていない。誰も起きていない。店もない。トイレに行きたくて、コンビニまで歩こうとすると土砂降りに遭い、走ってアパートの軒下に帰る。ちょっと晴れたかな、と思ってコンビニまで歩くとまた、土砂降りに遭い、ずぶ濡れになって軒下に入る。その繰り返しで朝を迎えた。

午後十五時になってやっと近所の工事現場のおじさんに泣きながら事情を説明して、ガソリンスタンドの知り合いを呼んでもらい、ようやくジムニーの鍵が開いた。

お礼に工事現場の皆さまに缶ビールを差し入れした。ガソリンスタンドの人にお礼を払った。

あーあ、また金が無くなった。

その代わり、新しい友達が二人できたのだ。昨夜、アパートの前で朝まで鍵を開けて貰えるのを待っている間。カエルさんが二匹。次郎さんと三郎さんと名付けた。次郎さんはソッポを向いているが、三郎さんは少しずつ私の近くに寄ってくる。ショッキングピンクのシャカシャカのジャージに、ドアーズのTシャツを着ている私。髪もビシャビシャ、ハイライトメンソールの箱も雨でグチャグチャになっていた。まるで屋外でロックコンサートを終えたボーカルのようにグチャグチャの煙草をポケットから出して深く吸っている。誰もいなくなった会場を眺めて、一息ついている。そんな気分だった。

八号線をジムニーで走っていて、信号待ちをしている時、ふと右手を見たら、カラスが二羽、抱き合っていた。いつだったか、競艇場では鳩が二羽、キスをしていた。この世の中は、本当は愛に溢れているのだ。私が住み着くことになったこの部屋。向かいにある一軒家。早朝から夫婦揃って、畑からトマトときゅうりを取っている。美味しいサラダを作るのだろう。黄色いカッパを着た新聞配達のおばちゃん。左手の薬指にはシルバーの指輪が光っていた。

皆、愛のために身をすり減らして生きているのさ。

宇宙のような虚空とその先にある光

日曜日の朝、早起きをしてテレビを観ながらコーヒーを飲んだ。

このことがどうしてここまで自分を傷付けるのかがわからない。一人でコーヒーを飲みながらソファーに座ってテレビを観ていた。ただそれだけなのに、どん底まで突き落とされ、どれだけ涙を流したことか。

しまいには、携帯の電源を切りたくなり、カーテンを閉め切って、誰にも会わずにこのまま深い眠りについてしまいたくなった。涙を流しながらなんとか這い上がり、自分を取り戻そうとして『フォレストガンプ』という映画を観て、本を読んで、ようやく少し落ち着いた。

どうしてこういうことになるのかはっきりとわからないが、私がもう何年も前からテレビも新聞も観たくないということには意味があるのだろう。涙を流しながらベッドでうなだれながら考えたことがある。

恐らく一人で人間社会に目を向けることが自分を傷付けるということを無意識にわかっていたのだろう。不思議なことに、誰かと一緒にいる時はテレビを観ていても平気なのだ。それなのに、一人でテレビを観ているとどん底まで落ちてしまう。もしくは怖くなってすぐに消してしまうのだ。一人で人間社会に目を向けることが自分を傷つける。

そういうことをもっと早く自覚していたら、一人で東京へ行くなんてことは最初からしなかっただろう。

友人は言っていた。

「蓮ちゃんが東京で一人きりで生きて行けるわけがない」

それを無視して私は東京へ行ったのだが、こうして一人でテレビを観ているだけで苦しくて涙が止まらなくなる自分に全く気が付いていなかったのだ。富山へ戻ってきて何故こんなに落ち着くのかというのが少しわかった気がする。それは自然に囲まれているからだと思う。

しかし、数年前のある日。

私はとある日曜日に早起きをして、ソファーに座ってコーヒーを飲みながら何気なくルーリードのベルリンを聴いていた時に急に死ぬのが怖くなって富山を飛び出して上京したのだった。

そう考えると、一体何がいけなかったのか、何がそうさせたのか、よくわからなくなるのだ。

日曜日の朝、コーヒーを飲むこと。それがどうして私を傷付けるのかがよくわからないが、一つ言えることがある。私にとって一番の大敵は寂しさである。

私の心の中には大きな虚空が隠れていて、何気ないふとした瞬間にそこに通じる穴が空いてしまう。その虚空は宇宙のように果てしないので、一度その穴に入ってしまうとなかなかそこから抜け出せない。しかし、その先に光を感じてまた立ち上がる。その穴に落ちることが怖くて仕方がないのだ。

人間社会を一人で眺めていると、その宇宙から戻ってこられなくなるような不安が私を襲う。そして日曜日の朝という何気ない瞬間に、ふと魔が差してその穴に滑り堕ちてしまうような感覚に囚われる。

　空や海や太陽を眺めている時は、私の目に映るものは光でしかない。人間社会というものは、私にとって寂しさの塊のような闇なのだ。しかし、現実には私は人間社会で生きている。私が住んでいる地球というものはどこへ行っても人間社会だ。その人間社会の中で、この世の中にある光というものを信じることでしか生きられない私と一緒に手を繋いでいてくれる人が必要なのだ。

　私にとって、人間は人々でしかない。目の前にいる人、大切な人以外は、単なるその他大勢でしかないのだ。どこから来たのかわからない鳥達、気まぐれな空、風に揺れる木々と何ら変わりはない。

　宇宙のような虚空を感じている時、人々は私にとっては恐怖でしかない。

　そんな時、宇宙のような虚空から私を連れ出してくれるのは、無心なもの達なのだ。近所のカエルさんや、道端にいる鳥達や、お腹が満たされて昼寝をしている猫や、無邪気にはしゃぐ犬や、海や川や雲や太陽や、大切な人の笑顔だったりする。大切な人の笑顔とは、自然と溢れ出る笑顔のことだ。

　つまりどんなに人間社会に絶望して、人間を避けたところで、最後は人は人によって救われるということだ。

先日、工場の天使達が、ここにいてもいいよと言ってくれたことにはちゃんと意味があった。

何の危害も加えない穏やかな人々が集まる小さな工場で、人々が眠りについている頃、ひっそりと静かに仕事をする。そういう環境でしばらくじっとして待っていなさい、という合図なのだろう。

それはどういうことかというと、もう一人では社会に出なくていいよ、という意味だ。ちゃんとパートナーが見つかったら、それから社会で活躍するために、今はここでじっと待っていていいよ。そういう意味なのだろう。

やっぱりどこかで誰かがちゃんと私の限界を知っていて、だから天使達は、ここにいてもいいよと言ってくれたのだ。それは、私に帰る場所があるとかないとかではなくて、もう一人で社会に立ち向かわなくていいよという意味なのだろう。

ここで静かに待っていなさい。

今まで出会った多くの人々が私に色んなことを言い、色んなものを与えようとした。しかし、私が求めているものはもっと高く、壮大なものだった。一時的なものではなく、普遍的なものだったのだ。

心の安定を得て、新たな人生をスタートさせる。今まで何度も引っ越しをして、何度も転職をした。それは自分の居場所と感じることができなかったからだ。それでも自分の居場所作りのために、どこへ行っても努力はした。しかし、自分の居場所と感じることができずに全てを捨て遠くへ行こうとばかりした。一人でどんなに遠くまで行ったって、本当は居場所なんて見つからないというのに。

そのことがわからなかった。

私は冒険に出て、遭難した。最善の努力はしたが、もうこれ以上は無理だと感じた。背中に背負っている荷物を下ろし、靴を脱ぎ、ここで休むことにした。時が来れば、遠くの方から救助隊が来る。それだけを待って、岩の上で寝そべり空を眺めているのさ。

夏の汗と労働者達

梅雨が明けたようだ。朝が来るのが早く、午前中から一気に気温が上昇する。陽射しも強く遮光カーテンを日光が通り越して、外の熱気がクーラーを通り越す。仕事中は夜勤というものに救われているが、日中は暑さに負けてすぐに起きてしまう。ジムニーは冷房が効かない。それは、ジムニー自身が汗を流す素晴らしさをちゃんと知っているからだ。

「冷房なんて、甘ったれるな」

ジムニーは私にそう言ってくれるのだ。しかし、運転席に座った瞬間汗がだくだく流れる。ハンドルは火傷しそうなほど熱い。窓を全開にして、今日もひたすら八号線を走る。

途中で寄ったコンビニで買った五百ミリリットルのスポーツドリンクは、一分で空になった。遅刻しそうなのに、またコンビニへ寄ってスポーツドリンクを買わなければならない。これで、自宅を出てから出勤するまでの八号線で合計三本目である。

富山での夏は毎年こんなものだった。東京での夏はもっと過酷で陽射しも強く、日中は全く外に出ないようにしていた。富山とは比べ物にならないほど暑いので、一日中クーラーの効いた室内にいて、日が暮れてから行動したものだ。富山の今年の夏も暑い。それでも、私は何故かバテない。これはきっとメンタル面が安定している証拠だと思う。

誰もが嫌がるこの仕事かもしれないが、私はなんだか楽しくて仕方がないのだ。人々の中で気を遣いながら競い合う環境よりも、こうして全うに汗を掻いて、黙々と仕事をして爽やかに帰る仕事の方が私には合っている。

仮に大金を手にしたとしても、肉体労働をしたくなる日が必ず訪れるだろう。その時私はまた全てを手放してゼロにしてしまうのだろう。

私は自分の中にある不安の一つにようやく気が付くことができた。

それは何か。

心が傷付くと全てを捨てて飛んで行ってしまうということだ。しかし、一度飛び立った鳥は二度と元の場所には戻ってこない。

つまり私自身が帰る場所を失うということである。

だから今は、じっとしていることに重きを置くようにしている。転職しない、引っ越しない、環境を変えない。今はこのままここにいて、肉体労働で汗を流し、仕事が終わったら文章を書く。それだけを日々重ねて行こうと思っている。それ以外には、きっと私には何もできないということがわかってきた。

今までは色んなことができる気でいたし、実際に色んなことができた。どんな仕事に就いてもそつなくこなしたが、結局性に合わなくて辞めた。こうして肉体労働で汗を流し、帰って来たら文章を書く。そういう日々が私には一番しっくりくる。だから、仕事が楽しいのだ。

仕事内容が楽しいわけではない。黙々と仕事をして汗を流して帰る自分に安堵を覚えているだけだ。そこにある工場の人々との会話も楽しい。

「暑いですね」

「じゃあ、いっそのこと、暖房を入れようか」

「暑いですね。それ、お酒ですか?」

「これ?　泡盛」

その瓶をよく見ると炭酸飲料水と書いてあるではないか。真顔でそんなことを言ってごくごく飲むのが面白くて仕方がない。私はゲラゲラ笑った。接客業をしている時の笑顔よりも、こうして爽やかに汗を流しながら働いている時の笑顔の方が格別だ。お客さんの顔色を窺《うかが》う事なく腹の底から笑える職場。最高じゃないか。

私と一緒にいる相手が、この仕事をしている私のことを恥ずかしいと思うか、誇りに思うか、それで答えが出る。日払いで夜中ゴミの分別をしながら自宅で文章を書くだけの私のことを、美しいと思ってくれる人ならば私はその人について行く。そういうことだ。

そもそもビジネスマンは汗というものを、失礼なものとしている。しかし、労働者っていうのは汗を掻いてなんぼだ。毎朝お化粧して、スーツを着て、髪の毛をセットしてオフィスに出勤する姿より、ノーメイクでズボンにTシャツで、髪を一本に束ね、スポーツドリンクを持って出勤する姿の方が私らしい。


やっと仕事が終わって帰る間際、ゴミの山がありこの会社の社員さんからこう言われた。

「これを全部袋に入れといて」

私ともう一人の男の子と二人で大雪の時の雪かきの如く、黙々と汗だくになってそれを全部袋に入れた。いくらやっても終わらない。だけど黙々とやるしかない。文句を言っている暇がない。今までの会社でも、仕事よりも雪かきや掃除の方が楽しかった記憶が鮮明にある。いつもピリピリした空間にいるよりも、外に出て、皆で同じ汗を流す方が私は好きだった。だから、誰よりも張り切って雪かきをしたし、掃除をした。

それを利用されることも多々あったが、きっとどこかには私の姿を見て共感してくれていた人もいたはずだ。

時には競争が楽しいこともある。オリンピックがまさにそうだ。オリンピックが何故楽しいかというと、金メダルを目指して頑張る選手達の姿を見て感動するから楽しいのであって、人々と競うことを見ているのが楽しいわけではない。本来競争とは、自分との闘いでしかない。

スポーツだけではなく仕事も人生さえも自分との闘いでしかない。もし、それを競争と勘違いしている人がいるとすれば、隣人に勝ったことで安堵を覚えているだけであって、本当の意味での勝利とはかけ離れている。どの分野で金メダルを目指すかを決め、その分野で必ず金メダルを獲得することを目標として生きる。それが私にとっての美学。

その分野とは何か。そう、私は幸せという分野で金メダルを獲得したいのだ。あの人ほど幸せな人は見たことがない。そういう人物になれたら人生最高だと思う。

手作りのもの達

猛暑のせいか最近あまり眠れず、寝付いても一時間で目が覚めてしまう。私が朝一時間の睡眠をとって目が覚めると、アパートの住人は一日の活動を始めている。洗濯機が回る音がして、掃除機をかける音がする。駐車場に停まっている車は仕事へ出掛け、階段からは行ってきますと言った後の駆け足が聞こえる。

「一日が始まったのだな」

大抵私はその後、昼まで寝る。のらりくらりと起きて、煙草を吸って、ご飯を食べて、洗濯などをしたりする。起きたらメールが来ていた。静岡の友達からだった。最近の私達のテーマは生活をするということについてだ。金が無いからこそ楽しめることがあるというのが私の意見だった。例えば掃除機について。私は掃除機を持っていない。ただ単に、金が無くて買えないのだ。先日、電気屋さんに下見に行ったら、あまりの高さに驚いて、買うのをやめた。だからぞうきんがけをしている。そうすると、ぞうきんがけは掃除機よりも凄いということに気が付いた。埃や細かいゴミはぞうきんにくっついてくるから、綺麗に取れる。そして、なんだが、床も畳もスキッとするのだ。どういうわけか、自分までもがスキッとする。掃除をしたという実感が湧く。全てがシャキッとして清々しい。

先日付けたすだれにしてもそうだ。

金があったら、ポーンと業者を呼んで、網戸をつけて、レースのカーテンを買ったはずだ。しかし、金が無かったのでなんとか工夫して、百円ショップですだれを買って窓にかけてみた。寸法は何センチで、色はこっちの方がいいのではないかなどと言いながら、ドライバーと釘を捜して、やっとの思いで取り付けたすだれはこの私の心に癒しを提供してくれた。

苦労して取り付けただけあって、温かみもある。

もし金があったらこういう物語は全く生まれない。携帯電話で業者を呼んで終わり。当たり前のように網戸のある生活を送るだけだ。夜中、家に帰ってくると、

「すだれさん、こんにちは」

思わずそう言ってしまうのだ。そして、洗濯機という仲間がこの部屋に来たことによって洗濯剤、柔軟剤、漂白剤という三人兄弟が我が家に住みつくことになった。洗濯機の前で、三人仲良く座っている。そして、三人仲良くすだれを眺めている。この場所で朝を迎え、日光を浴びて、夜は星を眺めている。雨が降っても、風が吹いても、三人仲良くそこでじっとしている。

「こんにちは」

「蓮ちゃん、お帰り」そう言ってくれるのだ。

工場の中にネズミさんがいた。おばちゃんが叫んだ。

「わぁーネズミだー」

「こないだ、私が煙草を吸っていたら、足元をネズミさんが通り過ぎました。ネズミさん

こんにちはと言ってあげれば良かったかな」私はそう言った。

「ネズミさん何か言ってなかった？　チューとか言ってなかった？」

おばちゃんは楽しそうに、私の話に乗ってきてくれたのがあまりにも嬉しかった。だからその日はおばちゃんと一日中ぺちゃくちゃお喋りをしながら仕事をした。

掃除機の話、ぞうきんがけの話、政治の話から、子供の話、お弁当の話、遂にはフジコヘミングの話で盛り上がった。

最近の若い親は、子供が公園で遊んでいるのにベンチに座って携帯電話をいじっているのだそうだ。子供のことが心配にならないのだろうか。私には子供がいないので、友達の犬の話をした。

犬と散歩をして公園に行き、遊ばせてやりながら読書をしようと思って本を持って行く。しかし犬のことが気になって、結局一ページも読めずに帰ってくるという話だ。犬は言葉が話せないので、気になって仕方がない。

「喉渇いてないかな、暑くないかな、疲れてないかな、お腹空いていないかな」

それが気になって、公園へ行ってもずっと犬を観察してしまう。

ぞうきんがけの話をすると、おばちゃんは掃除機よりもぞうきんがけやコロコロやクイックルワイパーの方が綺麗になるということを知っていた。家に掃除機はあるけれどもあまり使わないと言っていた。そして、障害を持っている子達がそれを乗り越える姿に希望を見出すということを話し合った。耳の不自由な子が上手にピアノを弾くし、脚の不自由な子がマラソンをする。ハンディキャップを乗り越えて人々に希望を与えるような人が政治家になるべきだと言っていた。

最近の親はコンビニで弁当を買って、お弁当箱に詰め替えて子供に持たせるし、中にはコンビニの弁当をそのまま渡す人もいれば、金を渡す人も多いそうだ。

「橋岡さんはおばあちゃんっ子なのね」

「そうですよ」私はそう答えた。

そうか、私の基本的な考え方や価値観はおばあちゃんっ子から来ているのか。私の沖縄の祖母は料理や片付けが下手だったが、それでも私に手作りのものを与えてくれた。沖縄の祖母の作るサーターアンダギーは、形が歪で、大きさもまばらだった。北海道の祖母が作るおにぎりはいつも特大と極小の二つだった。塩が効き過ぎていてとてもしょっぱかった。そして目玉焼きはいつも黄身が潰れていて、周りが黒こげになっていて、醤油がどばどばかけられていた。野菜は全部祖父の手作り。山菜も山で採ってきたもので、豆腐だって近所の豆腐屋さんの手作りのものだった。蕎麦は祖母が粉から作っていたし、赤飯に入れる豆も自分の畑で採れたものだった。沖縄の祖母は、いつも私にどこかで採ってきた生のハイビスカスを髪の毛に差してくれた。

私はなんて幸せ者なのだろう。

輝く太陽と海の元で、雄大な自然と大地の元で、手作りのもの達に囲まれながら、私はとっても幸せだった。

だから、こうして一人で知らない街でも、知らない人々と上手くやって行けるのだ。

おばちゃんは、私にこう言った。

「お母さんってどんな人？」

「金をかけなくても女の子はお洒落をしなきゃダメだし、綺麗なものを沢山見て、美味しいものを沢山食べて、感性を磨きなさい。そういうことを言っていました」

「芸術家に育てたかったんじゃないの？」

「確かに。私はずっとピアノをやっていましたよ」

「なるほどね」

それからフジコへミングの話になった。おばちゃんの娘さんもピアノをやっていたのだが、手が小さいからそれは致命的だということを言われてピアノを止めたらしい。私も同じことを何度も言われた。致命的という言葉は最低だ。子供に対してのみならず、誰に対しても絶対に言ってはいけない言葉だ。

「現代の子供達に希望を与えられる大人が沢山いたら、日本は変わると思うよ」おばちゃんはそう言っていた。

この日は素晴らしく、このおばちゃんと一緒に仕事をしていること、同じ職場にいることが嬉しくて仕方なかった。私は頑張る。腹の底からそう思うことができた。

仕事が終わって八号線をジムニーで走る。トラックと出会い「こんにちは」。ファーストフード店の前を通過する時も「こんにちは」。工事現場の人々とすれ違う時も「こんにちは」。信号待ちしている隣の車にも「こんにちは」。コンビニに入っても「こんにちは」。私という人間は少々敏感なだけであって、決して寂しくないし、孤独じゃないし、本当はとっても幸せ者かもしれない。輝く草原を待ち侘びているけれども、本当は私の人生そのものが輝く草原なのかもしれない。

ふとジムニーで深夜の八号線を運転しながら、そう思った。

拾われるまでずっと照らしていて

結局、一睡もできないまま朝を迎えた。そして、早朝からお湯を沸かしてコーヒーを飲んだ。静かな朝だった。夜の闇が嘘のようだった。こうして必ず朝はやってくるのだ。

それがわかっているのに、一人で過ごす眠れない夜というものはどうしてどうしようもない程に深いのだろうか。早朝から鳥達の鳴く声を聞きながらコーヒーを飲んでいたが、テレビだけは絶対につけないようにした。

そう、わかっているからだ。早朝からテレビを観ながらコーヒーを飲むという行為は、私を宇宙のような虚空に連れて行くものだということを。

何故そうなるのか。世間というものとサヨナラをしたいからだ。

私はこの世で生き、社会の中で生きる。だけど世間とはサヨナラをしたいがために、朝から一人でコーヒーを飲みながらテレビを観ていると巨大なブラックホールに吸い込まれてしまう。

結局もう、一人ではテレビを観ないことにした。こういう時は静かにコーヒーを飲みながら本を読めばいいのだ。


あれ？　今日は終戦記念日じゃないか。そうか。終戦記念日か。戦争が終わったのか。人々の争いの結末は私の耳には届かない。だけど、しばらくじっと待っていれば、帰ってくる人がいたり、いなかったり。そうして待ち人の行方を知らされるのだ。そうか。これから戦後が始まるのか。戦後か。

私は防空壕の中で何をしていただろうか。恐らくこれから訪れる高度経済成長について考えていたし、バブルについても考えていただろう。戦争は終わり、高度経済成長を迎えるということを前提に物事を考えていた。

防空壕を出てみると、辺りは希望なんてものがどこにも見当たらないあり様だった。負けたのか？

いや、ちょっと待てよ。何を以て勝ちとして、何を以て負けとするのか。国同士が決めることよりも、まず各々が良く考えることだ。自分にとっては勝ちなのか、もしくは負けなのか。

それについては、防空壕を出てすぐに判断できるものではない。数日、いや、数カ月、もしくは数年経ってみて、あの戦争は自分にとってはいかなるものだったのかということを判別できるようになるのだろう。それにしても、こんなに長い間防空壕の中でじっとしながら終わりが来るのを待っていたのだ。自分にとって勝ちじゃないと困るではないか。

いや、待てよ。事実、こうして生きているではないか。今生きている、その事実は紛れもない勝利なのだ。よくここまで生き延びた。

さあ、これから新しい未来が始まる。犠牲になった人々のためにも、生きている人は頑張らなくてはならない。

ただ、一つ。どうしようもない悲しみがここにはある。戦争へ行ったきり愛する人が帰って来ない。もしかしたら戦場で息を引き取ったのかもしれない。いや、もしかしたら、生存していてひょっこり帰ってくるかもしれない。もしかしたら、病院にいて、怪我の治癒を待ってから帰って来るかもしれない。知らせが来るまではわからないのだ。

さあ、私にできることは何だろう。毎日泣いていればいいのだろうか。いや、違うだろう。

悲しいけれども信じて待つこと以外に選択肢はないのだ。そして、涙を流しながらも一日一日を精一杯生きることだ。笑顔でいる必要なんてない。生きていればそれでいい。そしてお帰りなさいと言える日が来ることを、ただただひたすら信じることで自分を支えるのだ。

寂しいね。不安だね。悲しいね。だけど、防空壕を出て空を見上げることができるのだよ。太陽の光を浴びて、夜になったら輝く星を眺めることができる。月が出ていれば大丈夫だ。

「大丈夫だよ」

月はいつもそう教えてくれる。毎日見られるとは限らないけどね。

そうは言っても、寂しいね。不安だね。悲しいね。だけどね。生き残った者は生きて行かなければならないのだよ。ご馳走を作って待つ必要などないのだよ。毎日、適度なご飯を食べて、洗濯をして、睡眠をとって、生きていればいいのだよ。そしたら必ず、お帰りなさいと言える日が来るからね。

電線に止まったスズメ達はしきりに私にそう言った。そうするしかないね。そう言われても、やっぱりしょんぼり。下を向いては涙がポロポロ。どっちが楽だったのかね。苦しくても希望がある世界か、それとも苦しみもないが希望もない死の世界。

ねぇ、もし私がこの土地に更なる苦労をするために来たとするならば、一体神様はどこで何を見ているのですか？　確かに私は痛みに強くなったかもしれない。けれども、あんまりじゃないの？

喧嘩してもしょうがないから私は自分を信じて希望が向こうから来るのを待っているけれども、もうすぐ夏も終わりますね。なんだかあんまりじゃない？

一人の人間に耐えられる痛みには限度があるということを神様は誰よりもわかっているはずで、その限度を超えた痛みを乗り越えた者にはそれに応ずる幸せがあるというのでしょうか。もう私には逃げ場もなければ、目的地もない。向かう先もない。誰かに拾われて、愛情をいっぱい注いでもらえる日を待つことしかできない。できることなら太陽は沈まないで欲しいし、夜空は曇らないで欲しい。

拾われるまで、ずっと私を照らしていて下さい。

コインロッカーベイビーズ

先日、お友達になったカエルさん二匹のうちの、次郎さんが我が家の玄関のドアに挟まれて窒息死したのだ。仕事に向かう際、その姿を発見した。中に入りたかったのだろう。ドアの隙間から一生懸命入ろうとしたが、挟まってそのまま出られなくなってしまったのだろう。次郎さんが死んでしまったということは、三郎さんが一人ぼっちになってしまったということだ。思わぬ形で別れが来たのだな。これまた冷静に三郎さんのことを心配し始めた。仕事に向かう途中も、仕事中も、三郎さんはこの事実をどう受け止めているのだろうかとそれだけが心配だった。仕事から帰って来ると、三郎さんは次郎さんと同じことをしようとしていた。

「危ない！」

そっとドアを開けて、入って来るか来ないかしばらく待ってあげた。入口に立ちつくしたまま入ろうとはしないので、そっとドアを閉めた。私、二人とも最初から家に入れてあげれば良かったのだろうか。そう考えた。

だけど、カエルの育て方もわからない。ましてや、カエルさん達が私の部屋に入りたがっているということを、次郎さんの死骸を発見するまで気が付かなかったのだ。一人ぼっちになった三郎さんだけ、部屋に入れて育てようかとも考えた。

考えているこの数日間、毎日仕事から帰ってくると三郎さんは玄関の前で待ってくれていた。しかし、玄関に背中を向けている。

そうか、二人でいつも私の帰りを待ってくれていたように、三郎さんは一人になっても同じように待ってくれているのだな。

「カエルさん、ただいま」

　私は今まで通りそう言って、そっとドアを開けて、そっとドアを閉めればいい。もし私が三郎さんだったら、次郎さんの死を受け止めきれずに逃げ出していたに違いない。その場から逃げ出して、別の片割れを探し始めていただろう。だけど、カエルさんは強かった。片割れがいなくなっても、いつもと変わらずに同じ道を歩み続ける。

　田んぼに行けばカエルさんはウヨウヨいる。また別の片割れを探せばいいじゃないかと思ってしまう。カエルさんからすれば、私は人間がゴロゴロいる街へ行って友達を探せばいいと思っているのかもしれない。しかし玄関の前で私の帰りを待つというのを貫くことにしたのだ。

　きっとこのカエルさん達は、私が寂しいことを知っている。夜中、真っ暗な部屋に帰ってきて、私が毎日寂しい想いをしていることを知っていて、「蓮ちゃん、お帰り」そう言ってくれていたのだ。

　三郎さんは一人になっても、その信念を曲げずに現実から逃げず、寂しい私を迎えるということを貫いてくれている。私はカエルさんよりも圧倒的に弱い。私も三郎さんのようにあるべきなのだ。

　片割れという存在を求めながらも、見つからない。見つけても違う。見つけても違う。

探しても一向に見つからない。それでも自分の信念を貫いて、自分の道を歩むべきなのだ。心が折れて、横道に逸れてはいけない。カエルさんからそのことを改めて学んだ。

「三郎さん、ありがとう」

涙が溢れて、胸が熱くなった。覚悟とか決意とかそういう大それたものではない。きっとカエルさん達の中で話し合いが持たれたのだろう。

「この子は寂しいのだよ。だからせめて、お帰りって言ってあげようね」

その会議の結論を、一人になっても実行してくれているのだ。

「三郎さん、ありがとう」

人間にとって片割れなんていうものは、そう簡単に見つかるものではない。


片割れか……。

そう考えると、弟のことを思い出す。アイツは元気にやっているのだろうか。大人になるってことはなんて寂しいのだろうか。

子供の頃は、私と弟は大の仲良しでいつも一緒に遊んでいた。気の弱い弟と、勝気なお姉ちゃん。私達は強い結びつきの元で無邪気に遊んでいたのに、どうして大人になったら人生とやらに邪魔されて、あの頃のようには戻れなくなってしまうのだろう。

本来なら、大人になっても兄弟で力を合わせて支え合って生きて行ければ最高なのだ。

しかし、私が十六歳の時に気の弱い弟を置き去りに家を飛び出したという現実を変えることはできない。なんて悲しいのだろう。

次郎さんのように死んではいない。ましてや、私達は同じ日本という国の中で生きているのに他人以下のような存在になってしまった。毎年、どんなに喧嘩をしてもお互いの誕生日にはメールをしていた。

「お誕生日おめでとう」

しかし、とある誕生日、連絡がこないことがあった。その時私達は同じ東京にいた。そこで心が折れたのかもしれない。弟の誕生日は七月。その時私は富山に来ていた。私はメールしようか、電話しようか、悩んだ挙句結局しなかった。たかがメールぐらいすればいいのに、それすらできなかった自分をとても恥じた。

「ごめんなさい」

弟は結婚しているので安心しているというのもある。だけど、ごめんなさい。お姉ちゃんは未だに一人で、あっちへ行ったりこっちへ行ったり、どこにいていいのかさえわからない。気の弱い弟を勇敢に守って来たお姉ちゃんは、今はもう存在しない。せめてカエルさんのように強く、自分の道を疑うことなく貫けたら、きっといつか昔のように弟を守ることができるだろう。涙を流す前に、頑張らなくてはならない。三郎さんのように強くならなくてはならない。凛として、笑顔で、堂々と、正直に、胸を張って生きているよ。だけど、まだまだ弟に顔向けできるような状態じゃない。悲しいとか、寂しいとか、辛いとか、そんなこととは関係なく。三郎さんのように自分に与えられた環境の中で自分を貫く。

あの頃は、公園で遊び、レゴーで遊び、ファミコンで遊び、四畳半で机を並べて勉強していた。もうあの頃には戻れないけれども、せめて一緒に酒を飲んだり、困った時には助け合う。

そういう存在になれるようにお姉ちゃんは頑張ろうと思う。

おそらく誰にもわからない

いかに自由に生きるかということは、いかに自分に対して規制するかということ。枠のない自由など存在しない。自由はタダで手に入るものではないからこそ価値がある。あらゆるものを手に入れるのではなく、あらゆるものを捨てた挙句自由になるのである。

先ずは、故郷を捨てる。家族を捨てる。子供を産むことを捨てる。結婚を捨てる。人間関係を捨てる。安定した職場を捨てる。正社員になることを捨てる。時には趣味も捨てる。遊びも捨てる。

「じゃあ、一体あなたは何が楽しくて生きているのですか?」という問いに対して、私ならこう答える。

「成し遂げたいもののために、逃げ道を潰しているのだ」と。

当然、人間にはどうしても捨てられないものも必ず存在する。

それを見極める行為を怠っている人間が多いが、何かの局面にぶつかった時、全てを持ったまま前に進むことは不可能だと気が付く。

何かを捨てるということは、感情があれば尚更自虐行為でもある。成し遂げたいもののために、心が痛かろうがどうしても捨てなければならないものがある。しかし成し遂げたいものとは無関係にどうしても捨てられないものというのがある。それを自分で判断して決断して行く必要がある。

その判断に後悔は付きものだが、それでもその時の最大限の能力に従って下した決断なのだ。それが間違っていたということは決してないだろう。そうせざるを得なかったということだ。

「捨てられる辛さを知り、拾われることを願う者が何故捨てるという行動を取らなければならないのか」

生き残るためだと思う。何故生き残らなければならないのか。

それはきっと、大切なものを頑なに守るためなのだと思う。

「悪人は善人を逃がしてやり、善人は悪人から遠ざかる」

善人が善人の元で生き残れるように、ということが全てのサバイバルには隠されている。これは人間の思考回路を通り越した、もっともっと壮大な力の成せる業なのだろう。悪人はきっと、悪人ではない人というのを知っている。だから本当に正しい悪人は、善人を逃がしてやる。そして、悪人を潰す。善人は悪人に気が付くと、善人の方へ逃げようとする。そして善人同志の世界を創り出す。

つまり、悪人がやっていることと善人がやっていることに大差はないのである。

誰もが時には善人になり、時には悪人になる。大切な人を守るために会社で善人ぶっている人もいれば、悪人ぶっている人もいる。そういうものが渦巻いているのが社会だ。

何が正しくて何が間違っているのかなんて、おそらく誰にもわからない。全ては自分の判断と決断によるものだ。それが失敗だったか成功だったかなんてものも、本当のところは誰にもわからない。

血縁と組織の中で生きる者からしたら、保証や安全といったものから不自由になることはあまりないだろう。あらゆることがスムーズに行くが、精神的には抑圧されている。それが組織の中で生きるということだ。

私のように血縁からも遠ざかり、組織にも属さずに生きていると、精神的には自由になったように感じることが多いが、物理的にはあまりにも不自由だ。保証人なんてものはどこへ行っても求められる。

「身内に頼れる人がいません」

そう言っても、そうですかとはならないのである。何をするにも保証人が必要で、その保証人がいないがためにできないことが山のようにある。しかし、単体で生きていると精神的には何かに抑圧されるということはない。そのどちらの道を選択するかもまた、本人の判断と決断によるものだ。

ふと思ったことがある。組織には属したくないけれども、一人では生きられない人はどうすればいいのだろうか。

もったいない精神

私がこの職場で一番好きなところは、働いている人々の目が生きているところだ。淀んでいない。ピュアなものをちゃんと持っている。こうして毎日ゴミ処理場でゴミを分別していると、ゴミにさえ愛着というものが湧いてくる。分別してあげないと、そのままベルトコンベアに流されて燃やされてしまう。一つでも多くのゴミ達を救わなくてはならない。そういう気持ちになってくるのだ。

この職場には仕事に対する愚痴を言う人があまりおらず、寧ろ皆が楽しんで働いている。誇りを持って仕事をしている。そこが素晴らしい。

ステイタスというもので仕事を選んでいる人達を散々見て来たが、ここは違う。どこその会社の正社員だと信用があるとか、高級なものを扱っているお店で働くのがカッコイイとか、そういう感覚の人はこの職場では働けない。汚くて、臭くて、きつく、社会的にはそんな仕事しかなくて可哀想だと思われているに違いない。

しかし、この職場の人々は自らこの仕事を選んだという人の方が多い。

私にとってはたまたま出会った仕事というだけだが、入った初日から雰囲気が良かったので続けることにした。

何故かぬいぐるみが沢山置いてある。それを見て、無垢の世界だと思った。これは単にベルトコンベアに流れてきたゴミの中に混ざっていたもの達だ。捨ててしまうのは可哀想だから、と従業員が拾ってそれを飾っているのだ。

「全てのものには魂が宿っている」

私はそう思っているので、こういう職場というのはドストライクなのだ。そして究極の美学を感じている。日々同じことをしているのだが、そこには毎日感動がある。世の中の人々が要らないと判断してゴミ捨て場に捨てたものを、拾って大事にする。そういう精神が大好きだ。

そもそも、世の中にある多くのものはもったいない精神から生まれているのではないかと考えた。テナント募集という看板が立て掛けてある。それを頭のいい経営者が買い取り、商売を始める。

「こんなにいい立地条件で、空き家にしておくのはもったいない」そういう気持ちからビジネスが生まれているのだろう。

日本にある過去の芸術作品。例えば、日本のロックや歌謡曲。時代と共に、人々の記憶から忘れ去られることがあまりにももったいないと思うようなものが沢山ある。RCサクセションやストリートスライダーズだってそうだ。時代と共に消えてしまうのはあまりにも寂しい。

太宰治や三島由紀夫が今でも世の中で生きているように、消えて欲しくないと思うものは本当に沢山ある。

料理だってそうだろう。賞味期限が過ぎているけれども、捨てるのはもったいない。こんなに卵が沢山残っているのにもう捨てなければならない。どうしようか……。そうして生まれたものが厚焼き玉子であるなら、それこそもったいない精神ではないだろうか。

こんなに沢山のイカを食べきれない。だけど、捨てるのはもったいない。そうして生まれたのが、イカの燻製であるなら、それもまたもったいない精神である。

芸能界というものもそうなのではないだろうか。

「こんな個性を隠しておくのはもったいない。人前に出してあげよう」

ビジネスの全てが金儲けから生まれているとは思えず、その半分以上はもったいない精神から生まれているような気がしてならない。

そう考えると、世の中の全てに対して、優しい気持ちになれるのだ。誰もが寂しさを知り、誰もが愛情を持っている。そう思えてならないのだ。

だからこそ、地球は汚染されてもこうして毎日太陽の元で回ることができる。

友達からもらったクッキーの箱があまりにも可愛くて、捨てるのは可哀想だから机に飾ってみた。

雑誌に載っていた写真があまりにも綺麗だったから、切り抜いて壁に貼ってみた。

通勤時間がもったいない。だから音楽を聴こう。読書をしよう。

子供が学校へ行っている間の時間がもったいない。だからパートに出よう。

ただ流れて行くということに対して寂しさを感じ、愛情を持っているからこそ、全ては生まれてくるのではないだろうか。

人間、モノ、時間についてもそうかもしれない。

折角出会ったのに、ただただ流れて消えてゆく。そういうことに寂しさを感じるから連絡を取るようになったり、手紙を書いたりする。その背景には、出会いというものに対するもったいない精神があるように思う。つまり全てに対して価値を感じているということだ。

百人の人間がいたら、皆が同じように持っているもの。それがもったいない精神だ。アイツのために時間を割くのがもったいない。それは時間というものに価値を感じている証拠。あんなものに金を払うのはもったいない。それは金というものに価値を感じている証拠。ただただ流れて消えて行くことに対して寂しさと愛情を持っているからこそ、成り立っているのだろう。私は存在自体に意味のない人間なんて一人もいないと思っている。

黒か白

もちろん寂しさ故、ほんの僅かな愛情にさえすがりたい時は多々ある。無意味な関係とわかっていながら、ほんの僅かな愛情を期待して無意味なことを続ける。下らないとわかっていても、寂しさ故にただ流されてしまうことだってある。しかし、それはあまりにも不健康だ。

どんなに疲れていても、楽しいに違いないと思うから仕事の後でも遊びに行く活力が湧く。単純にそういうことだ。そこには快感があるとわかっているから、どんなに疲れていても向かって行く。

暇を埋めるためだけに行うものというのは、空腹を満たすためだけに不味いものを食べるのと一緒だ。組織に属するというのも、ある意味似た部分がある。

会社の方針に従って、黒いと思うものでも白いと言わなければならない。

いつか親戚の集まりがあって、仮面夫婦を演じている両親に腹が立ち、皆の前で父親にこう言った。

「父さんは母さんと一緒にいて幸せなの？」

「幸せに決まっているじゃないか、夫婦だもの」

全身に鳥肌が立った。家の中では憎み合い、ほとんど口も利かず、相手の悪口以外聞いたことがないのに親戚の前では幸せを演じなければならない。まるでナチスと一緒じゃないか。

「私達は幸せですよ！」

両親は、そう演じることを私にも要求してくる。それに納得が行かなかった。

当然私よりも、よっぽど両親の方が平和に暮らしている。経済的にも、社会的にも保証と安全という名の下で守られて生きている。

結局私は、黒いものを白いと言うことができないので、どこにも属さずにいる。自分が納得の行くものがあれば、そこに入るのがベストなのだが、組織というものの中で抑圧されながら生きて行くという悪いイメージがはびこってしまっている。それならば苦労はするけれども一人で自由に生きていた方が笑顔で清々しくいられるのではないかと思ってしまうのだ。規模の違いだけであって、しっくりこない音楽を流すことも、無意味なデートを重ねることも、納得の行かない組織に属することと何ら変わりはない。

人それぞれできる我慢とできない我慢というのがある。

私の場合は、黒いものを白いと言いながら作り笑いをすることは我慢できない。しかし、暑さや寒さと闘いながら重労働をすることは我慢できる。会社のために、黒い商品を白いですよと言ってお客さんに勧めることはできないが、良いと思った仕事なら安い給料でも働くことはできる。

保証人欲しさに好きでもない人と結婚することもできなければ、親、親戚にお愛想を言うこともできない。身の安全欲しさに会社に属することもできず、全てを放り投げて決別して一人になった。かといって一人では何もできない。

こういう私みたいなタイプがこの世の中で生き延びるにはどうすればいいのだろうか。天涯孤独な人。器用に生きればなんとでもなるのがこの国だ。天涯孤独な上に、不器用な人間が生き延びるにはどうすればいいのだろうか。そこを探るのが私の人生のテーマなのかもしれない。途中で妥協してしまっては、私以外の天涯孤独で不器用な人間が救われないじゃないか。天涯孤独だった私の沖縄の祖父は、おそらく相当賢かったのだと思う。

膵臓癌で亡くなる直前、私にこう言ってくれた。
「とにかく目の前にあることを一生懸命にやりなさい」
それなら私にもできる。ということは、まだまだ私にも救いがあると思っていいだろう。

窮地に立たされた時

窮地とは、何を以て窮地というのだろうか。それについてしばらく考えていた。辞書によると、追い詰められて逃げ場のない苦しい状態、立場となっている。では今の私はどうだろうかと考えてみた。苦しい状態なのだろうか。確かに、苦しくないとは言えないが、かといって苦しいとも言い難い。

追い詰められているわけでもなく、逃げ場がないわけでもない。つまり、窮地ではないのだ。

よく考えてみると、私の周りにはもっと困難な状況に置かれている人が山ほどいる。仕事が無い人もいれば、働きたくても働けない状態の人だって大勢いる。特に背負うものもなく、こうして身軽に生きているというだけでも、私は全く窮地ではない。

過去を振り返って、窮地に立たされたと感じた時はどうだったか。

働きたくとも働けない状態だったり、追い詰められて逃げ場がなく八方塞がりの状態だったり、完全に自信を喪失していて無気力状態だったり。それに比べると、この現実なんて屁でもない。では、どうやって窮地を脱出したのか。それは言うまでもなく誰かのお陰なのだ。救ってくれる誰かがいて、窮地を脱出することができた。

つまり、窮地に立たされている人のことは、誰かが救わなければならないのだ。

それを考えると、今まで散々窮地に立たされていた私を誰かが救ってくれたように、今度は私が窮地に立たされている人を救わなければならない。私が救わずして、誰が救う。

これは大変だ。

たぶん殆どは金で解決できる。しかし、金というものには色んな条件が含まれている。私の経験から言うと、リスクを背負って勝負した人にしか金は舞い込んで来ないし、運命の分かれ道に立っている時に大金は舞い降りるようになっている。その大金をどう使うかが試されるのだ。駄目人間になって行くか、そうじゃないか。人間の本質が試される時に金というものは舞い込んで来るように思う。

遊びほうけていた十代の頃。事故に遭って多額の保険金が下りた。それを両親がもらってくれたから私は救われたのだ。仮に両親が私にその金をくれたとしたら、私は廃人どころか生きていなかったかもしれない。それについては、感謝している。若かりし頃の私は、借金返済とか節約とか、そういうことを学ばなければならなかったのだ。つまり、神様から試されて勝ったのだ。

二度目の窮地に立たされた時、私の手元にはある程度金があった。それでも窮地であることに変わりはなかった。働きたくても働けないし、完全に自信を喪失していたからだ。電話をかける相手もいなければ、どこかへ出かける気力も体力もなかった。そこから脱出するために、持っている金を全て手放した。ゼロにしたから這い上がることができたのだ。もしも手元に金があったら、まだ働かなくても大丈夫と言いながら何カ月も過ごしただろう。そしていずれ金が尽きることは目に見えていた。その頃には完全に枯れ果てていただろう。一気に手放してしまって奮起するということが、当時の私には必要だった。

貯金を全額寄付して、その後舞い込んできたボーナスでピアノを買った。そうしてゼロになり、再び歩き出すことができたのだ。


たまに思うことがある。太陽は一人ぼっちだから皆を照らせて、神様は一人ぼっちだから人を救うことができる。上に立つ者は、圧倒的に孤独でなければならないというのはそういうことなのではないだろうか。しかし上に立つ者は誰よりも愛を必要としているから、多くの人々に愛を注ぐことができるのだろう。

以前、読書ばかりしている私を見て、昔の彼氏はこう言った。

「何故そんなに本ばかり読んでいるんだ？　孤独に憧れちゃ駄目だ」

「憧れているわけじゃない。ただ、自分の孤独をわかってくれるのは、孤独をテーマにした本というだけの話よ」

「いや、お前は孤高の花を目指している。孤高の花なんかを目指すんじゃなくて、輝く草原に咲く花を目指さなきゃ駄目だ」

私の『輝く草原』というのは、この時から生まれたのだ。

「輝く草原か……」

輝く草原とは一体どういうもので、どこにあって、どうすれば辿り着くことができるのか、そういうことを考えて、考えて、今も尚、考え続けている。

単純に考えれば、愛に溢れた世界ということだろう。しかし、この世で生きていると世の中というものは失望の海である。私にはそう思えてならなかった。この世は失望の海だからこそ、そんな中で見つけた夢や希望や信頼というものに価値がある。

生きるっていうことは、実に失望の連続だ。家族、学校、職場、友人、世間、そして遂には自分に対しても失望してしまう日が来る。

しかし、自分を信じられなくなったらここから先は生きていけないということを、腹の底から信じている。つまり、自分で自分を裏切ってはいけないということだ。世界は広い。そして、地球上には膨大な人口がいる。

今まで出会った全ての人に失望したとしても、自分にさえ失望しなければ、まだ見ぬ将来やこれから出会う人を信じることができる。自分に失望してしまったら、もっと地球が広くて百倍の人口がいたとしてもまだ見ぬものを信じることができないだろう。それはあまりにも悲しいことだ。

自分に対する失望を回復する、もしくは誰かの失望を防御するために自分が行動するしかない。

誰にも理解されない人のたった一人の理解者になるとか、窮地に立たされている人を救うとか、誰の目にも留まらない小さな感動を大切にするとか。

そうすることで自分の中にある優しさに気が付いて、自分を愛していくしかない。自分を愛していかなければ、誰一人救われることはない。

皆からは嫌われているけれども、私にもこんな優しさがある。こんないいところがある。それを誰かにアピールするのではなく、自分を愛して生きていかなくてはならないのだ。結局その連続が自分に対する信頼に変わっていく。味方がおらず、誰の事も信頼できないと頭を抱えて塞ぎ込んでいたとしても。たった一人味方になってくれる人が、いるかいないか。必ずいるということを忘れちゃいけない。

本人が気が付いていないだけだ。塞ぎ込んでいるから気が付かないのだ。

だからこそ、たった一人の味方は叫ばなくてはならない。

「ここにいるよ！　私が味方だよ！」

その声が届いた時に、再び立ち上がることができる。そして希望を見出す。つまり、味方でいるなら黙っていちゃいけない。本人が気が付かないと意味がないのだから。

昔、私は精神科の医師からこう言われた。

「貴女には信頼というものが欠落しているのです。それは幼少時代から失望の連続だったからです。だから貯金箱のように愛情を貯めて行かなくてはなりません。先ずは自分を愛することです」

先生は色んな本を私に紹介してくれたし、私のいいところを沢山説明してくれた。

「貴女は十人いたら十人に気を遣う。だから疲れてしまうのです。十人いても、その中で自分が大切に思う人だけに気を遣えばいいのです」

そういうことがイマイチピンと来なかったけれども、今になってみるとよくわかる。それが何故わかるようになったかというと、自分を愛することができたからだろう。自分を愛するっていうのは、自分の全てを受け入れるということだ。その上で、自分が自分を裏切らないように努力する。

皆が誰かを苛めていても、私は苛めない。皆が誰かの悪口を言っていても、私は言わない。皆が他人事で見て見ぬ振りをしていても、私はちゃんと向き合う。世の中にはとっくに失望している。だけど、せめて自分だけは清く、広く、堂々としていないと私は私を救うことができない。

嘘ついたり誤魔化したりしない。できないことはできないと正直に言う。嬉しさ、悲しみ、怒り、そういった自分の感情を相手にちゃんと伝える。そうすることでしか他人との信頼関係は築くことができない。

まずは自分のことだけでも信頼できるようにならなければならない。そのことで初めて他人を信頼することができるようになるのだ。

これは自分に優しく人に厳しく、というのとは正反対だ。自分には厳しくとも、人には優しくしなければならない。優しい目で見なければならない。どんなに自分を責めて反省しても、人には寛大でいなければならない。

それは何故か。自分を信頼するためだ。自分に対する信頼が深まれば深まるほど、世の中に失望している暇なんてなくなってしまう。

寧ろこの世の中が失望の海だということをとっくにわかっているから、今更失望なんてしないということかもしれない。それよりも、人を失望させないためにどうすればいいかを考える方が先決だ。

こんなちっぽけな私でさえ、この世の中に希望を見出すことがどれだけ難しいかということはわかっている。わかっているからこそ、これ以上、人々を失望させてはいけないのだ。

寧ろ、私は叫ばなくてはならない。まだ見ぬ誰かのためにだって叫ばなくてはならない。

「ここにいるよ！　私は味方だよ！」

　私が孤独であろうがなかろうが、そんなことはどうだっていい。とにかく誰かのために叫ばなくてはならない。

　自分を信頼するために、人々を失望させないために、そして私自身が世の中に希望を見出すために。だから私は、素っ裸になって正々堂々と生きて行かなくてはならない。そのための一つのツールというものが文章を書くということだ。

　馬鹿だと思われようが、私の心の中と頭の中が醜かろうがなんだろうが曝け出さなきゃならない。

「私はこんなに阿呆です、こんなに醜いです、こんなに弱いです、それでも正々堂々と生きています」

　そう叫ぶことがせめてもの自分の救いになり、たった一人でも救われる人がいたら私自身が心から生きていて良かったと思うことができるのだ。

　この世の中は弱肉強食なんかじゃない。弱い者は叫ぶことすらできないから、強い者が身代わりになって叫ばなければならない。

「誰か！　この子を助けてください！」

　強い者が、もっと強い者に救出を求めなくてはならない。たとえ私には救出することが困難だとしても、弱い者の身代わりになって叫ぶことはできる。だから、こうして文章を書いているのだ。

トラウマを終わりにしよう

遠い幼少時代に遡り、自分が生きてきた人生を紐解いて行くとよくわかる。五歳や十歳の時の私の周りにいた大人達。そして中学校、高校と進学する過程で私の周りにいた大人達。社会に出て働いている私の周りにいた大人達。そんな大人達の子供や相手への配慮のなさについての話だ。

今言えることがある。子供に対してそういうことを言ってはいけないとか、職場で二十歳そこそこの子に向かってこういうことを言ってはいけないということがあまりにも多すぎる。

「あんたさえ産まれてこなければ、私は父さんと離婚して幸せになれた」

本当にその通りかもしれないが、そういうことを絶対に子供に言ってはいけない。仮にカーッとなって言ってしまったとしても訂正するか、もう二度と言わないかのどちらかならまだわかる。それをいつまでも何年経っても子供に対して言い続けるというのは、悪気はないにしてもやはり、大人として未熟すぎる。

私の家族というものは、家庭ではなく機能集団であり、企業そのものだった。他の家族と競い合うために、高い技能を保たなければならなかった。勉強ができて、容姿が端麗で、スポーツ万能で、芸術分野にも長けている。尚且つ素直で真面目で行儀がよく、礼儀正しい完璧な人間でなければならなかった。

私と弟は同じように親からそれを求められていた。ついて来られない者は外される。それが、私の家族だった。

完全歩合制で家族に所属しているのと一緒だ。保証というものが全く見えない、いつクビになってもおかしくない、そういう機能集団だったのだ。

企業同士の競争に勝つため。家族全員が他の家族に比べて全てが上回っていないといけない。毎日が訓練であり、全てが他の家族には負けないための勝負だったのだ。

そんな中で思うような実績を上げられないとする。すると、必ずこの言葉が来る。

「あんたが産まれてこなければ、私は父さんと離婚して幸せになれた」

子供である私は、ピアノと勉強をさぼったらこの家から追い出されると思っていたので、毎日死に物狂いで特訓した。

しかし、それだけではだめなのだ。容姿端麗でなければならないのだ。

十歳の頃、私はおでこにニキビが出始めた。

「この子は、もう可愛くなくなった」

親は焦って次々と化粧水を買ったり、皮膚科へ行ったり、ありとあらゆるものを試して私のニキビを治そうとしたが、治らなかった。後にそれは顔中に広がり、首や耳の裏にまで広がった。やがて背中にまで広がり、身体の中からどんどん湧き出て来るようになった。この身体は完全に腐っているのだと思っていた。

中学校の高学年になると、受験のストレスからか体重も増加して、本当に見るに堪えない醜い女の子になってしまった。

私は心の底から、自分を恨んでいた。

私さえこの世の中にいなければ、全ては丸く収まるのだ。本当にそう思っていた。耳に聞こえる笑い声は全て自分を貶しているように聞こえたし、自分のことをバイ菌だと思っていたので誰にも近づいたりしなかった。寧ろ、私が近づくことを誰もが恐れているように感じていた。

絶望の中にいたにもかかわらず、勉強とピアノは頑張らなくてはならない。それがなくなったら完全に私は生きてはいけなくなる。部屋に閉じこもり、勉強しようとするものの身が入らず、机に向かってはノートにこんなことばかり書いていた。

「せめて普通の女の子になりたい」

笑うこともなく、人と目を合わせるのも怖く、口も利かず、とにかく人々を避けて生きていた。

親が怖いから学校には真面目に行くが、居場所はない。学校が終われば家に帰って勉強とピアノの練習。とにかく誰も通らないような道を選んで歩いて帰った。電車に乗るのも怖かった。

信じるものなんて、何一つなかった。

大して勉強もできないまま受験を迎えて、それでもぎりぎり大学を狙える進学校に入学した。しかし、全く勉強について行けなかった。

心が崩壊していて頑張ろうという気持ちが湧いて来なかった。

「この子はもうだめだわ」

それから無視が始まった。お弁当も作ってくれない。

「昼ご飯代の五百円ちょうだい」

と、毎朝ビクビクしながら言おうものなら、

「この、金食い虫」

ニキビはだいぶ良くなってきたものの、今更家族の仲間に入れてもらえるわけでもなかった。しまいに、学校には殆ど行かなくなり、家にもピアノの練習以外には、帰る必要性がなくなっていた。街をフラフラしたりしていた。私の心と身体は悲しみというものだけに覆われていた。

汚い肌を隠すためにファンデーションを塗ってみたり髪を染めてみたりした。それでも

何かをとり戻すことなどわからずに、とにかく精神を楽にすることと、自分をぶち壊すことだけを考えていた。

ただし、私には少なからず希望というものがあった。

「大人になること」

働いて、自分で生活をすれば、周りの人間すら選ぶことができる。居場所だって自分で決めることができる。

限界に達した十六歳の私が、たったそれだけの希望を胸に開けた扉の前に用意されていたのがススキノという街だった。つまりそれが私の第二の人生のスタートだったのだ。

それからの私は、自分を傷付けるということを怖がらない勇敢な人間かのように生きてきたが、そうではない。自己評価が低いだけだった。自己評価が低いから、自分を傷付けることが平気なのだ。寧ろ、そうすることでしか自分を保てなかった。全身にはびこっている悲しみを吹き飛ばすためにも、自分を壊すことしかできなかった。

それは大人になってもずっと続いた。そんなことをして怖くないの？　ということを平気でやったし、仕事でコキ使われることも当たり前のように感じていた。何もかも捨ててどこか遠くへ行こうとするのも悲しみを吹き飛ばすため、ただそれだけだった。

二十代半ばを過ぎてから、子供の頃から続いている不眠症がきっかけで精神科に通うようになってから、少しずつわかってきたことがある。

私という人間はバイ菌でもなく、迷惑な人間でもなく、ただ単純に真面目な子でしかない。そういうことがわかってきた。精神科の医師に言われる通りに、自分を愛するとはどういうことか、自分の全てを受け入れるとはどういうことかというのを長い年月をかけて紐解いて行った。だから今こうして文章を書いている、ただそれだけのことだ。

一つのことがわかると色んなことが、次から次にわかる。

私はただ単純に真面目な女の子だっただけなのだ。それがわかった上で、歴史や文学に触れれば触れるほど、ありとあらゆることが鮮明になっていく。

先日、あまりにも暇で、ナチスについてのドキュメンタリー番組を見ていて思ったことがある。

これは、ウチの家族そのものじゃないか！

そして、心理学の本にはこう書いてあったのだ。

「家庭というものは共同体でなければならないのに、機能集団になってしまった中で育った子供は心を病んでしまうのだ」

そうだそうだ！　共同体？　ん？　共同体？

「何もしなくてもそこにいていいよ、ということ」

そう書いてあった。え？　それって、私が求めている輝く草原じゃないか！

ということは、私がまだ見たこともない輝く草原というものは、共同体であるということだ。

それは、確固たる信頼関係を意味するのだ。そうか、そういうことだったのか。

私が見てきた家族のイメージからすると、例えば結婚して妊娠して太ったり歳をとって老けたりする。すると、「蓮はもう可愛くなくなった」そう言って捨てられるのではないか。病気になって炊事洗濯ができなくなる。すると、「もう蓮は駄目だ」そう言って捨てられるのではないか。そう考えていた。だからこそ、結婚とか妊娠が怖かったし、子供を産んで捨てられるぐらいなら最初から産まない方がいいのではないかという恐怖心があったのだ。

そう、それは悲しいことに今でも少なからずそういう気持ちが心のどこかに残っている。

私は三十代前半で子宮頸癌の手術をした。一人で入院して、手術を受け、一人で帰ってきた。最初はそのことが想像を絶する寂しさなのではないかと思っていた。入院することが急に怖くなって息ができないほど緊張していた。しかし病院へ行ってみると、先生も看護師さんも皆が優しくて、沢山の人がいて、全然寂しくなかった。寧ろ、一人で家にいるよりも入院の方がよっぽどマシだと思うと入院生活が楽しかった。

病院の中を探検したり、患者さんと喋ったり、家に一人でいるよりよっぽど気持ちは安定していた。しかし、いざ手術をして一人で退院するとなると、やはり、一人の現実に戻ることが怖くて泣いてばかりいた。看護師さんも先生も心配していたが涙は止まらなかった。酸素マスクをしたり安定剤を飲んだりして、少し落ち着いて寝たかと思えば、しばらくして起きてはまた泣いての繰り返しだった。

家に帰って来ても寂しさは無くならず泣いてばかりいたのだが、そこに唯一いたのはフレックルスというぬいぐるみだった。

「フレックルス、一緒にいてくれてありがとう」そう思うと、今度はありがとうの涙が止まらなくなった。

「先生、ありがとう。看護師さん、ありがとう。病院でお世話になった皆さんありがとう」そう思えば思うほど、これは幸せにならなければならないと考えるのだった。

こうして手術を経て退院し、ここまで来てやっと始まりが訪れた気がしたのだ。そう思えた瞬間未来がパーっと開けた。

しかし、私はまだまだ心の傷を治さなければならない。悲しみに耐えられず自分を壊したりしないこと。そしてもっと信頼というものを積み重ねて行くこと。

そうすればそのうち輝く草原に行くことができるさ、きっと。

ファザーファッカー

もしかすると、ものは考えようかもしれない。幼少時代、大事にされなかった経験から、なかなか自分を大切にするということが難しかったとしてもだ。だからこそ人よりも無茶をするということができるのかもしれない。悲しみを吹き飛ばすことがきっかけだったとしても、頭に浮かんだビジョンを実現しようとして、人々が躊躇するような行動を実行することができるのかもしれない。

勿論、死にたいわけではない。

当然のことながら、悲しみを吹き飛ばし、輝く草原に向かってジタバタしているだけだ。あっちに走ってはぶつかり、こっちに走ってはぶつかり、泣いて喚いているだけのことだ。

考えようによっては、人々が考え過ぎて行動に移せないことを、深く考えずに行動に移しているだけなのかもしれない。それは何故かというと自己保身があまりないからだ。

怖くないの？

そりゃ、怖いさ。一か八か、万が一失敗してもそれもまた人生だ。そうするしか手立てはなく腹をくくってやるしかない。確かに幼少時代、家庭環境に恵まれず、何かがすっぽりと欠けた状態で生きている。しかし、何かが欠けているからこそとんでもない行動をすることができるような気がしてならないのだ。とんでもない行動の中には、自分にとってプラスになった行動もあれば、大きく自分を傷つける結果となったものもある。何て愚かな失敗をしてしまったのだろうか。そう思うことだって多々ある。

いや、でも失敗と決めつけていいのだろうか。失敗でもなければ成功でもないというだけで、これはこれで良しとするしかないのではないだろうか。それにしても、なんとかこの状況を脱出したいものだ。しかし、得たものだって沢山ある。だからあまり否定的になってはいけない。

今はまさにそういう感じだ。ここで最も忘れちゃいけないことは執念だ。夢を実現すること。それに対する執念を捨てたら、もうそこで終わりだ。諦めなければ、終わりはこない。そのためにどこに向かえばいいかをいつも考えているが、はっきりしていることは、ここにいてはいけないということだ。

確かに来てしまった。そして得たものも沢山あったよ。けれども、いつかはここを出て輝く草原に辿り着かなくてはならないのだ。このままここにいては、いつまでも一人ぼっちだからだ。

勿論、寂しさはどこにいても大差がない。東京にいる時は、あまりの寂しさから東京のことが大嫌いになった。かといって、札幌にいて、札幌のことが好きになるかと言えばそうでもない。富山に来て、富山のことが好きになるかと言えば、それもまた違う。確かに精神的に落ち着く面も多々ある。自然もあるし、今の職場も気に入っている。

しかし、こうして地方を巡って思うことは、やはり富山から再び東京へ戻った方がいいのではないかということだ。


内田春菊氏という漫画家がいる。単身で上京するも、長崎に帰る羽目になったり、福岡に行っても長崎に帰る羽目になったりしながら再度上京して、漫画を出版社に持ち込み続けた結果、彼女は漫画家として日の目を見ることができ、今がある。

彼女は自身の半生を綴った『ファザーファッカー』という小説作品も執筆されているが、その作品の中で義父による性的虐待をはじめとした多くのトラウマを抱えていることを赤裸々に綴っていた。どんなに多くのトラウマを抱えながらも、夢に対する執念を捨てずに思いきった行動をし続けたから彼女は成功したのだろう。

破壊願望というものは、時に底知れぬエネルギーとなり、想像を絶するものを生み出すことがある。悲しみも恐怖も吹き飛ばす。限界に達すれば達する程、エネルギーは巨大化する。だからとんでもないことができてしまうのだ。

寧ろ、私ならできる。想像を絶するものを生み出す程の破壊願望を、私は持っている。だから諦めてはいけない。かといって自ら限界に向かって行く必要もない。限界というものは自分が気が付かぬうちにある日突然訪れて、自分でも予期せぬ行動を取らせてしまうものだからだ。

青春文学のようなことを言っている。心の中には幼児性を残し、未熟さがありありと映し出され、悲しみと恐怖に覆われた弱々しい姿がここにある。仕方がないのだ。

トラウマを人に見せる奴は馬鹿だ。ある作家はそう言っていたが、もはやそんなことに構ってはいられない。私は忙しい忙しいという奴は馬鹿だと思っている。誰もが忙しいけれど、愛する人を大切にしている人は忙しいとは言わない。

寂しいと口にする奴は馬鹿だという人がいる。けれども、寂しいのに寂しいとは言えないよりはましだと思っている。

ずっと一緒にいられる人を探している、ただそれだけだ。自分の道を歩いていないと、自分にふさわしい人は現れない。それもわかっている。だからせめて、こうして文章を書いているのだ。

何ものにも囚われず、迷子になれ

最悪な出会いから得るものは非常に大きいように思う。

その分、傷も深い。けれども、自分の中にあるものを明確にして行くには、傷付くことを重ねるしかないのかもしれない。傷が浅いうちっていうのは、案外その物事の善し悪しがわからない。

しかし、これでもかというほど大きな打撃を食らった時に思い知る。本当に駄目なものに気が付くのだ。寧ろ最悪だと思うということは状況や原因がわかりやすいということだ。曖昧ではなくよくわかったということだ。それは神様がはっきり言ってくれたということだ。

「それは駄目だよ、そっちじゃないよ、いい加減にわかりなさい」

そして傷付いて目の前が真っ暗になった時こそ、その人の真価が問われる。問題は傷付いた後だ。

傷付いた後に、なんとなく傷を癒してくれるものがあったり、助けてくれる人がいたりするなら、それは成長するチャンスを与えてもらえなかったということだ。深く傷付いた後、完全に孤独だったらそこで頼るのは自分しかいないわけだ。それがわかった時にどうやってそこから這い上がるか、それが問題だ。つまり、試されているのだ。幸運の女神が舞い降りるか、見捨てられるか。

ピンチはチャンスっていうのはそういうことだ。

何もない、誰もいない、そういう状況で何をするか。それがその人のその後を左右する。

もっと言えば、余裕のある状態ではその人の本質は現れない。困難な状況に置かれて、初めてそれは現れる。

困難な状況に追い込まれた時、現実を受け入れて目の前にあるものに努力を注ぐことと、急にいい子ちゃんになるのとでは全然違う。

その人がどうにか自分でなんとかしようと悩みながらも努力している姿を目の当たりにする。そして今手を差し伸べるのはその人のためにならないと考えぐっと堪えて見守るのと、見て見ぬふりをするのとでも全然違う。

早い話、辛い時こそ誰のこともあてにしないのが一番だ。自分だけを頼りに這い上がってこそ、協力者は現れる。そもそも、泣いても喚いても誰も来ないというのが困難な状況である。

ある本にこう書いてあった。

「何ものにも囚われず、迷子になれ」

私はこの言葉に救われた。何ものにも囚われてはいけないのだ。むしろ迷子になる。

時代の風潮、自分を取り巻く環境、さまざまな価値観。それらを正しく見極め自分の判断で行動できるのはどこにも属さない迷子だけだと。迷子になってしまった者に対して、これ以上の救いの言葉は恐らく見つからないだろう。

私の場合、深く傷付き、孤独になったらとにかく読書をする。自分を取り戻し、這い上がれる唯一の方法だからだ。深く傷付いた時は必ず自信がなくなっている。それを取り戻すには本を読むしかないのだ。

決して私は間違ってはいなかった、そう思えるようになるために何冊も何冊も本を読む。昔の人はこうやって窮地を脱出したとか、今ある成功者っていうのはこういう苦難を乗り越えたのだとか、そうやって過去の偉人達から学び取る。

本を読む。そして文章を書く。

それが困難な状況に置かれた時に私が取る行動だ。

置かれている状況に左右されるものではなく、自分が絶好調な時にも同じことをしている。財布の中に万札が束になって入っていても、貯金ゼロで請求書の山だったとしても。周りに沢山の人がいて、電話が鳴りっぱなしでも。一切電話も鳴らず、孤独だったとしても。

つまり、それが私の本質なのだ。

東京で働いていても、満員電車に揺られながら本を読み、家に帰ってきてはパソコンに向かって文章を書いていた。富山にいてもそれは同じ。休日は読書をして、仕事から帰ってくるとパソコンに向かって文章を書く。どこにいてもどんな状況にあっても、同じことをしている。それは今に始まった話ではない。十代の頃からずっとそうだった。

家にも学校にも居場所がなかった時も、本を読み、文章を書いていた。ずっとそうやって生きてきた。たぶん、南国へ行っても、無人島へ行っても、地球の裏側へ行っても、同じことをするだろう。そうすることで自分を支えているからだ。つまり、これを理解してくれない人とは一緒にいられないということだ。理解があってそっとしておいてくれる人と、まるで関心がない人とではわけが違う。そこを見誤るから大きく傷付く。口出しもしないし、文句も言わない。それは、理解があるのとは全く別問題だ。そんな当たり前のことを今更突き付けられて、傷付く結果となってしまうのだ。

だけど、この世の中は九十九対一だということを忘れてはならない。見誤ってしまったその人は、九十九人の中の一人に過ぎないということを忘れてはならない。

九十九人に笑われても、一人は涙を流してくれるかもしれない。九十九人に断られても、一人は受け入れてくれるかもしれない。そもそも、自分を受け入れてくれる可能性というものは百分の一、つまり九十九対一でしかないということを忘れてはいけないのだ。

百人の人に自分を見せて断られる。そこで絶望的になってはいけない。二百人に見せても断られる。もう駄目かもしれない。でも三百人に見せてみた。すると、物凄いパワーのある一人に認めてもらうことができた。自分を受け入れてくれる人は必ずどこかにいると信じ続けることが大切だ。

継続は力なり。しかし自分にとって継続しなければならないものと執着しなくていいものの判別ができていないと、何でもかんでも続けなければならないと思ってしまう。駄目な男とはさっさと別れて、文章を書き続ける。それは、九十九人に囚われて、唯一の一人を見逃さないためだ。つまり、九十九人に囚われず、迷子でいて良いということだ。

この世の中は九十九対一でできている

戦争が終わってから高度経済成長を経て、私達はそこら中にモノが溢れている時代に生きている。一つのモノを大事にしなくとも、幾らでも代用が効く。ましてや、世の中は驚くほど速い流行に左右されている。去年買ったものがもう今年は着ることができない。鞄でも靴でも何でも沢山持っていた方が良い。そういう中で私は十代を生きてきた。一歩外へ出るにも気を抜けない。

「私はこれを大事にしているから、これさえあればそれでいいのよ」

そういう精神を貫くには勇気が必要だった。人間性について考える年齢じゃない。流行の最先端にいるかいないかで、その人の価値を決めるような学生時代を送ってきた。あの子はモノを大切にしていて偉いね、なんてことは誰からも言われない。寧ろいつまでも同じものを使っているとダサいと笑われる。笑われたくないし、馬鹿にされたくないから不必要なものを必死に買い漁って自分の価値を高めようとしていた。流行の最先端にいるためにお金を稼ぎ、まるでファッションショーのように着飾った。そういうことが虚しいことだとは心のどこかでわかっていながらも、そうすることが必死に生きることでもあったのだ。

私はその当時から、流行というものが大嫌いだった。沢山のお小遣いをもらえる環境にいたら大嫌いではなく快感になっていたかもしれない。

しかし、いつも周りの目を気にしていた。

「もうこんなものを着ていたら古いと言われてしまう」とか、「皆が持っているものを持っていないと馬鹿にされる」とかそんなことを気にしながらも、なんて悲しい世界なのだろうかと思っていた。

好きなものを大切に使っていればそれでいいじゃないか。好きなもの達に囲まれていればそれで十分じゃないか。そう思っては、自分が生きている流行の最先端の世界というものから遠ざかりたいとばかり思っていた。

二十代になると、十代の頃のように流行を追ってもいられなくなった。生活するだけで精一杯で、服を買うなど簡単にできない状況が何年も続いた。必然的に一つのものを大事にせざるを得ないような環境に置かれることとなったが、それで幸せだったかといえばそうではなかった。

本当はこれでいい。そうは思っていたが、流行の最先端ではないと馬鹿にされるという思考はなかなか消えず。

街を歩くことが大嫌いだった。知り合いに会うことはなにがなんでも避けたかった。知らない同学年の人にすら会いたくなかった。

心の中ではこれでいいと思いながらも、本来自分が憧れていた好きなもの達にだけ囲まれた生活というものを心から楽しむことができなかった。好きなもの達に囲まれていればそれでいいという生活を堂々とできるようになったのは、三十歳を過ぎてからである。やっと楽になった。それが私にとっての三十代のスタートだった。

つまり、人目を気にすることがなくなってきたからだ。

他人にどう思われようと関係ない。そうやって自分の生き方に対して自信が持てるようになって、私は楽になった。人に見られたい部分が外見ではなく内面になってきたというのもある。馬鹿にされようが笑われようが、自分は自分だというものが自分の中で確立してきたからだろう。

お洒落することに興味がなくなったのではなく、自分は自分という考え方ができあがってきたから人目を気にして無理なことをする必要性が無くなったということだ。

幼少時代は、親元でしか生きることができない。自由に生きることができる大人になっても世間というものから自由になることができず、三十代になってからようやくあらゆることから解放されつつある自分に気が付く。物理的にも社会的にも、そして精神的にも。

これはあらゆる全てのことを、自分の意思で選択できる環境にいるからこそ言えるのだ。自分の意思で決めた仕事をし、自分で稼いだお金を自分の好きなように使い、自分がしたいような生活をする。

そして一番肝心なのは、馬鹿にされ笑われることから自由になったということだ。それは何故かというと、馬鹿にされても笑われても、大したことはないと知ったからだ。人々から噂されたり悪口を言われたり、馬鹿にされたり笑われたりすることが、それほど自分にとって大きなマイナスにはならないと知ったからだ。

つまり世の中は九十九対一だからである。

九十九人に馬鹿にされても一人は褒めてくれる人がいると知ったし、九十九人に馬鹿にされてもその九十九人が間違っている場合もあるということも知った。だから自分のことを理解してくれる人も共感してくれる人も、九十九対一の割合しか存在しない。

失敗の連続だったとしても、世の中は九十九対一でできているということを忘れてはいけない。大事なことは、たった一人の理解者に出会うために諦めないということだ。そう考えると、溢れんばかりの人とモノが飛び交う世の中で、どんなに迷子になったとしても歩き続けることができるのではないだろうか。

時間ばかりが過ぎてゆく。何も見つけられないまま膨大な時間だけを消費している。たまにそう思って無力感に襲われる時がある。

「一体今まで何をやっていたのだろうか……」

結婚もせず、子供も産まず、定職にも就かず。不器用で愚かで、なんて無意味なことを繰り返していたのだろうか。ついついそう思ってしまう時がある。しかし、落ち着いて考えてみると結局こういうことなのだ。

私は自分のことを信頼できるということだ。

そう考えたら、孤独で無能な自分から自由になれる。暗闇で迷子になって一人ぼっちになったとしても大丈夫だ。

自分という最大の味方がいつも一緒にいるからだ。本当は、そういう私のことを心から必要としている人に出会いたい。

手っ取り早く偽物で誤魔化さず、数年かけて本物を見つけてみろ。この世の中は九十九対一なのだから。

つまり、人間である

何でも手に入れた時だけが素晴らしいのではないかと思うようになってきた。牢獄のような家庭から脱出した時、この世に怖いものは何もないと思っていた。ところが現実はどうだったかというと、あの頃よりはマシだというだけでバラ色でもなんでもなかった。寧ろ闘いの連続だった。社会との闘い、自分との闘い。

そして手にした自由とは、どうだい？　自由になってみてどんな気分だ？

はっきり言って、空っぽだ。

自由と言うものを手に入れて初めてわかったのだ。

「この世の中は空っぽだ」

全てのことは追いかけても追いかけてもきりがない。どこまで行っても、そこに達成感はない。ゴールがないということが永遠に続く。

何かを求めてどこかへ行く。しかし、そこには何もなかったということの連続のような気がする。今いる世界に絶望して、こんなところで死ぬのも阿呆らしいからせめて新しいものを見てみよう。人生とはそうしたことの繰り返しのような気がしてならない。

自分探しと言うが、そうではなく、自分というものの謎を解くという方が正しいのではないだろうか。これは情報社会だからこそ言えることかもしれないが、何故あの時ああいうことをしてしまったのかということを一から並べると医学的に証明できることが多いと気が付いた。全てを運で片付けるのはあまりにも短絡的である。何事も起こらず平穏な日々を送っていることが幸せとか、波乱万丈だから不幸だとか、そういう問題ではない。

どうしてこんな人生を送る自分なのか、それは医学的に証明できるものなのではないだろうか。

つまり、産まれた時点で運命が決まっていて、どんな遺伝子と脳と細胞を持って、どんな境遇で育ったかを探ることで、全ては繫がるのではないだろうか。

「どうして怪我と病気の多い人生なのだろう、きっと前世が悪いことをしたのね」

それは短絡的だろう。そうではなくて怪我ばかりしてしまうような脳を持っているということだ。それを知ってどうだったか。ガタガタ震えるわけでもない。ただただ、圧倒的な喪失感に襲われたただけだ。

この世は空っぽで、尚且つ自分なんてものは存在しない。

じゃあ、何故生きているのか。この辺から生きるということに対して疑問を感じてきたのだ。どっちでもいいのではないだろうか。生きようが死のうが、頑張ろうが頑張るまいが、そもそも幸も不幸もない、善も悪もない、結局は何もないのではないだろうか。だからといって、自ら命を絶つ理由もない。成し遂げたいものもない。夢も希望もない。待ち人もいない。欲しいものもない。何もかもがどうでもいい。

ただ心の中にあるものは、好きなもの達のことが好きという感情だけだ。自分のことが好きか？　と聞かれたら、好きだと答える。もし私が別の人間だったら、私みたいな奴と友達になりたい。もし私が男だったら、私みたいな女と付き合いたい。片付けもできず、料理も適当、掃除も下手だ。しかし、退屈したり絶望したりはしないだろう。

だから、全く自分に価値を感じていないわけではない。どうせなら自分の片割れのような存在の人に出会いたい。お互いが抱いている闇というものは全くの別物であっていいのだ。私とは正反対に、強すぎる親の愛情から逃げたいと思っている人だっているだろう。全く別物であれ、抱えているものが闇なことには変わりない。若しくは、愛情が有り余っていて、一人じゃ抱えきれないから誰かに注ぎたいと思っている人もいるかもしれない。絶望しているくせに、一体感を求めてしまう悲しい性。

この世は空っぽで、全てのことにきりはないとわかっているのに諦められないということは、少なくとも私の胸の中にはまだ希望というものが宿っているという証なのだろう。つまり、人間であるということだ。

笑っていられれば

アラームが鳴ったので目を覚ましベッドを出る。寒いので暖房を付ける。朝ご飯を済ませてシャワーを浴び、ドライヤーをかけて化粧をする。玄関を出てジムニーに乗る。職場に着き仕事をする。食料品を買って帰宅する。寒いので暖房を付ける。台所へ行って夕飯の支度をする。ビールを飲む。こたつに入ってパソコンの電源を入れる。煙草を吸う。ただそれだけ。

そこには自分の意思なんてものは存在せず、ただ私というこの物体が移動しているだけに過ぎない。誰かから誘われて、はい、と答えて進んでいるだけ。それが人間の場合もあれば電子音の場合もある。電話が鳴り、向こう側で誰かが語りかけてくることもあれば、セットされた電子音に反応して動くこともある。そうして時間毎にあらゆる場所へ身体を移動させているだけに過ぎない。

ベッドからシャワールームへ。トイレ、台所、洗面台、和室、ベランダ、玄関、車、会社、スーパー、コンビニ、そして勉強部屋へ。時には東京へ、札幌へ、そして富山へ。常に何かの声に誘われて身体を移動しているだけで、そこに明確な意思というものは存在していない。

あの人に呼ばれたから行ってみれば別の人が待っていたり、自分の意思で行ったつもりがただ何者かに引き寄せられただけに過ぎなかったり。一大決心をしたつもりが単に嵐にさらわれただけだったり。慎重になっているつもりが何かに守られているだけだったりする。

何が変わったかといえば、目に映る風景がスライドしているだけ。そこには意思というパワー、つまり自分というものは存在していないのである。

空っぽの物体がただ流されているだけ。楽しくもなければ、辛くもない。嬉しくもなければ、不安でもない。ただただ膨大な悲しみというものの支配下にあるこの私という物体が、何の意思も持たずに移動している。それが私の人生だというのだろうか。どこかに置き忘れてきたのだろうか。何かの拍子で、何かのタイミングで、はたまた何かのショックで、どこかに置き去りにしたままなのだろうか。

いや、もうそれはとうの昔に、意思なんてものを持たずに生きていたのかもしれない。もしかすると私だけではないのではないか。そもそも人間というものは、自分の意思で生きていると思い込んでいるだけなのではないだろうか。全ての人が。そう、全ての人が。

そう思うからこそ、この世の中は空っぽだと思ってしまうのだ。自分なんてものは一つの物体にすぎず、意思なんてものは自然の力に動かされているだけのような気がしてならない。自己不在。

道行く人々を見ても空っぽに見えるし、そうではない人は悲しみに支配されているように見える。幸せに支配されているように見えるのはテレビに出ている人くらいだ。テレビに出ている人々は演じているのだから当たり前だ。楽しい振り、幸せな振り、充実している振り、意欲的な振り。全ては振りだ。この世の中が空っぽだということを踏まえた上で、喪失感に襲われている人々に少しでも希望を与えるためなのだ。

それは、作られた世界ということだ。コンセプトという名の元に作られた世界を見て、少しばかりの希望をもらう。私達人間はプログラムされた中で自分と向き合ったり見つめ合ったりしながら未知なる未来を生きる。

世の中の人全てが、この世は空っぽであると考え、喪失感を抱えていたとしても決してこの世は変わらない。何故なら喪失感を抱えようが、この世にいる以上金がなければ生きては行けないからだ。そのためには時間というものに従い、ビジネスというものに参加し、労働をしなければならないという仕組みになっている。それは人間が生息する以上永遠に続くものだからだ。しかし、精神科の医師は私にこう言っていた。

「人間なんて、美味しいものを食べて笑っていられればそれで良いのでは？」

当時の私は、カルチャーショックだった。人間は何かを成し遂げなければならないと、ずっと思っていたからだ。人間は努力をして、可能性を広げ、死ぬまでの限られた時間の中で偉業を成し遂げなければならない。そのためにはあらゆるものに制限をかける必要がある。的を絞るために。そして手に入れた自分の道というものを突き進んで行く。それが人生というものだと思っていた。

しかし、人間は所詮動物なのだ。それをわかっていながらも、食費を削り、睡眠時間を削り、せっせと何かを探求している。犬がエサに手を付けず、寝ることもせずに穴を掘っていたら飼い主はおかしいなと思うだろう。それなのに、人間はそうすることが美徳とされている。人間は働けば美味しいものを食べることができる。金で解決できるからだ。

しかし、笑いというものは金で解決できるものではない。結局、笑うための方法が明確ではない。それさえわかれば何も悩むことはないだろう。喪失感が消えなくとも、悲しみに支配されていたとしても、私達はこの世の中を素晴らしいと思えるのではないだろうか。

そもそも、世の中ではなく地球と呼ぶべきなのかもしれない。地球が美しいと思えれば、それに勝るものはない。

迷いに迷って、未だ迷っている

まだ早いかもしれないが、十二月になったらもう一年が終わったようなものだ。寧ろ私にとっては十二月から新たな一年が始まると言っても過言ではない。はっきり言って不完全燃焼だった。

住居も職も転々としてしまったし、全てが中途半端に終わってしまった気がするからだ。最近常々想うことなのだが、流れ流されて辿り着いた場所が何故ここなのだという腑に落ちない感覚が残ってしまった。達成感がない。だから無気力なのだろう。もう少しマシな状況には持っていけなかったのだろうかという自己嫌悪だけがグルグル回っている。

年収にしてもそうだ。これは景気というのも関係してくるのかもしれないが、それにしてもあまりにも不安定で少なかった。昨年の私は東京で生活することに必死で、休みなんてものは殆どない状態で働いていた。それが今年になるとアップダウンが激しかった。

癌が発覚し、今までのようなことはできないというブレーキがかかってしまった。そして振り返ってみると、随分楽をしてしまった感が否めない。もう少し無理をするべきだったのではないかとさえ思ってしまう。これだという手ごたえというものが無い。

しかし、多くのことを経験した。人間関係に於いても清算され、ある意味ゼロの状態であることは間違いないだろう。非常に遅いかもしれないが、ここから全てが始まるのだとも考えられる。今までの私とは若干の変化があるからだ。

恐らくそれは、多少人間不信になったということだと思う。今までは阿呆みたいに人間を信じていた。簡単に人を信じちゃいけないよと言われても決して言うことを聞かなかった。人を信じられなくなったら終わりだという信念があったからだろう。

しかし、富山に来て考えなくてもいいようなことまで考えた。その結果、私は人間というものがまるでわからなくなった。人を信じられなくなったら終わりなのではなく、自分を嫌いになったら終わりなのではないだろうか。幸い、自分を嫌いになってはいない。自分だけでも自分を好きでいてあげなければ一体誰が自分を好きでいてくれるというのだろうか。それは決して信じられる人がいないというわけではない。ありがとうの言葉以外には適した言葉が見つからないほどに感謝している人もいる。

しかし、いかに人と人の結び付きが儚いものかと痛感したのも事実だ。

「絶頂時にいなくなるのがベスト」

この考えは決して間違っていなかったのだというのも、改めて感じたことだ。良い思い出だけを残し、その場を去る。今見ている皆の笑顔が変わって行くのを見るのが怖いから、絶頂の時にその場を去る。そうして来たはずなのに、戻って来るなんてことは絶対にタブーだった。その場を離れた時点でもう終わりなのだ。その覚悟があってこそ離れるのだろう。それなのに何かを期待して戻って来るなんてあまりにも愚かだ。留まり続けることができないなら、後ろを振り返らないことだ。それなのに私は、後ろを見て歩いてしまった。

そんな自分が嫌だから全てを捨てて歩こうとするがあまり、どんどん孤独になる。前に一歩進めば、孤独が繁殖する。それを止めようと必死になるが、進めば進むほど孤独は増すばかりだ。気が付けば、会いたい人すら消えている。孤独な状況というものは、泣いても喚いてもそう簡単に変わるものではない。

どこかへ行ったら孤独じゃなくなるかと思ったところで、何も変わらない。どこへ行っても孤独な時は、孤独。腹を括って、耐えるしかないのだ。

それがわかっていても、どこかへ行ってしまいたくなる。私はいつもそうだ。

何かを成し遂げたくて、敢えて孤独な場所を選択する。しかし、何もできないまま孤独に耐えられなくなって飛んでしまう。その繰り返し。

人前では孤独感を出してはいけない。常に笑顔で穏やかに人には優しく、失礼なことは言わない。そう思いながら過ごしてきたが、流石に最近笑顔に無理があるのが自分でもわかる。元気がないと悟られるのではないかとビクビクしている。穏やかに優しく謙虚にと言いながらも、鏡を見てゾッとする。こんな顔で人前に出ているのか。目が死んでいるではないか。元気がないのがバレバレだ。こういう時、最も自己嫌悪に陥る。周りを暗い雰囲気にさせてはいけない。常に明るく振舞っていたい。そう思うものの、隠し切れないものがある。

職場の皆にはとても感謝しているし、仕事はとても楽しい。そして病院の先生や看護師さんにもとても良くしてもらって感謝している。けれども、やはり来るべきじゃなかった。

私にとって、最も楽で、最も辛い場所。

土地勘もあり、仕事に困ることもないし、生きて行くにはなんの問題もない。しかし、やはりここにいる意味というものが全く見えてこない。正直な話、どこへ行ってもなんら変わりはないだろう。それはわかっているのだが、逃げ出したくなる。

別に悪いことをしているわけでもない。逃げる必要なんてどこにもないのだが、そこにいる必要だってどこにもない。そもそも、どこにいていいのかもわからない。迷いに迷って、未だ迷っている。

おわりに

最近随分気分が落ちていた。落ちる時はどん底まで落ちた方がいい。どん底にタッチしたら後は上がるだけだからだ。これ以上悩んでも考えてもどうしようもないという降参の合図が舞い降りるのだ。なんとでもなる。そこまで行けばこっちのものだ。あとは何一つ解決していないのに、意外と前を向いて目標などを立てていたりするものだ。

少し元気になってきたぞ。そのわけは、笑顔じゃない自分を客観視してゾッとしたからだ。これじゃだめだ。

どんなに落ち込んでいても人前では笑顔でいなければならないというのは、私が自分に課したルールだ。私が日頃どんなに人前で笑っていても、わかって欲しいと思う相手には、私が抱えている寂しさというものは伝わる。人の前で苦労話なんかしなくとも、笑顔の裏にある闇のようなものが見える人には見える。

しかし、良く考えてみれば、私はなんだか丸くなったような気がする。今まではもっと我が強かったし、背伸びをしていたし、強い女を演じていたようなところもあった。

しかし一人東京へ行って生き延びる術として、寂しさや辛さを声に出して言えたということは大きい。時間をかけて理解を示してくれる人なんていないということが端からわかっていたので、体当たりでぶつかって行った方が話は早いと思ったのだ。

職場の上司にさえ、「どうしてそんなに頑張るの？」と聞かれたら、「寂しいからです」と答えていた。それが果たして良かったのかどうかはわからない。しかし、寂しさを伝えることによって、他のことはもう言わなくていいよという空気が流れているのを感じたのも事実だ。

そんな中で私の寂しさを埋めてくれる人がいたかといえば決してそうじゃない。私はとにかく仕事で孤独を紛らわした。身体がボロボロになって悲鳴を上げても、一人で家にいるよりは走り続けた方がマシだった。休日も殆どなかった。そのお陰で、今年に入りがっくり来た。フラフラと富山に来て色々あったけれども、なんとか持ち越したかな。

今思うことは、知人が一人もいない東京で、自分の中にある寂しさを出会う人に伝えられたことが、今の私を楽にしてくれているような気がする。格好良く言えば、壁をぶち破ったのだ。その結果、素直になった。

二十四歳で札幌を出て、東京へ行くまでの六年間、私は富山で相当無理をしていた。まだ札幌にいた頃は、誰が見ても寂しがり屋だった。毎日、寂しいと言っては酒を飲んで泣いていたのだ。それが札幌を離れ、一人になった途端、泣いてはいられなくなった。泣きつく相手がいないからだ。別人になった。何も喋らない人。心がガチガチに凍っていた。そうでもしないとやって行けなかったのだ。

それが東京での生活を経て、今は無理して自分を偽ることがなくなった。無理して笑顔でいるということはあるけれども、それでも、随分楽になった。

その背景には、東京にいて最低賃金で働いていた時代が大きく影響している。世の中の人々が生きるためにどれだけ苦労して稼いでいるかということを垣間見られたからだ。これが今までと同じような高収入だったら、私は全く別の人間になっていただろう。そうなるのが怖くて最低賃金で働こうと閃いたのである。

私の給料が安いこと、また、誰にでもできるような仕事をしている等々、馬鹿にされることも多々あった。けれど、そいつ等には私の気持ちなんてわかるはずがない。同じことをやってみろと言っても、そいつ等にはできないということも知っている。

「労働者は美しい」

私はそう思っている。誰にでもできるだなんて大間違いだ。見栄やプライドでゴテゴテと着飾っている奴には、汗水たらして働くことは決してできない。その日の飯を食うために一日泥だらけになって働くことの美しさというのは、その現場にいる人々にしかわからないかもしれない。

日銭に困り、その日の飯代のために汗だくになって働いてみた結果、無駄なものが削ぎ落とされて芯だけが残る。そういう状態というのは、限りなく自然に近い状態だ。冷たい雨が止めば少し寒さは和らぎ、太陽が覗けば吐く息が白くとも肩の力が抜ける。そうやって働いていると、自分のことなんてどうでもよくなってしまったりする。削ぎ落とすだけ削ぎ落とす。全て捨ててしまえば楽になる。

二十代の頃からそう思っていた。しがらみ、こだわり、プライド、全て捨てて自分の好きなもの達だけに囲まれて生きる。それが私の夢だった。それは、もう叶った。その夢だった世界は孤独と呼ぶのだとしても、ここに辿り着くまでの長い年月を思い出せば価値がある。自由、つまり圧倒的に孤独な世界を手に入れるまでどれだけ苦労したことか。

それを忘れなければ、今見ているこの世界を価値のある素晴らしいものだと思うことができるはずだ。過去を振り返らず、前を見て生きろというが、痛みは忘れてはならない。意識していても忘れてしまい同じことを繰り返すこともあるが、それでもだ。過去に痛みがあったからこそ、そこから抜け出したことに意味がある。過去に痛みがなかったらそもそも抜け出してきたことが無意味になってしまう。

つまり、今見ている世界が空っぽに見えるなら、過去を振り返るべきだ。

どれだけ酷かったか。今はどれほどマシなことか。むしろ眩しすぎる程に輝いているかもしれない。

この世界が空っぽでもいいのだ。地獄よりはマシだろう。素直になれるということは、結局、脱出したのさ。曖昧ではっきりとしないだけであって、脱ぎ捨てて来たのだろう。ぼやけた視界の中を手探りでも、転機に向かって歩けたらまた一つ、何かが見えてくるだろう。破壊から再生へ。

橋岡蓮（はしおか・れん）

1979年（昭和54年）生まれ。北海道出身。24歳の時単身で北海道を出て富山県へ行き、自動車部品工場で5年間肉体労働をする。30代に入り競艇場やゴミ処理場で働きながら執筆活動を始める。現在埼玉県在住。

破壊《はかい》から再生《さいせい》へ

2020年12月1日　第1刷発行

著　者　　　橋岡　蓮
発行人　　　久保田貴幸

発行元　　　株式会社 幻冬舎メディアコンサルティング
〒151-0051　東京都渋谷区千駄ヶ谷4-9-7
電話　03-5411-6440（編集）

発売元　　　株式会社 幻冬舎
〒151-0051　東京都渋谷区千駄ヶ谷4-9-7
電話　03-5411-6222（営業）

印刷・製本　シナジーコミュニケーションズ株式会社
装　丁　　　上田理央

検印廃止

ISBN 978-4-344-93183-1　C0095
幻冬舎メディアコンサルティングHP
http://www.gentosha-mc.com/